異世界で創造の料理人してます 2

A L P H A　L I G H T

舞風慎
Maikaze Shin

アルファライト文庫

ルミ
シンの店で働く、
元気いっぱいな
猫耳の獣人。
フドウ シン
地球から
異世界にやってきた
若き料理人。
エリ
狐族(きつねぞく)の女の子。
シンの妻として
店を切り盛りする。

シズカ
魔王討伐のために
地球から
召喚された勇者。
ゼノン
勇者パーティの
ブレイン役である
魔法使い。
アカリ
シンのもとに
弟子入りした
僕っ娘冒険者。
Isekai de Sozo no Ryorinin Shitemasu.
CHARACTER

1

俺の名前は不動慎。料理人をやっている。

一年ほど前まで、日本でレストランを経営していた。

経営していた、と過去形なのは、現在は経営している土地が違うからだ。

それではどこなのかというと……異世界。魔法が存在する、地球とは別の世界でレストランを開いているのである。

ある日、俺は突然、異世界の森の中に放り出された。たまたまそこに通りかかったスズヤさんという冒険者兼料理人が案内してくれたのは、料理の聖地と呼ばれる街だった。

MP無限のステータスに加えて、地球のものを消費MP次第で何でも持ってこられる創造召喚というチート魔法。この二つをいつの間にか手にしていた俺は、日本で経営していた店をこちらの世界に召喚し、この世界で営業を始めたというわけだ。


「いらっしゃいませー！」

今、元気いっぱいな声とともにお客様を案内したのは、俺の妻のエリ。

つい先日結婚したばかりで式はあげてないが、エリの左手薬指には指輪がはまっている。

彼女は元々奴隷で、俺は当初、接客員を確保する目的でエリを購入した。狐族の獣人で頭とお尻には耳と尻尾が付いている。戦闘が得意な種族とされる狐族だが、一族で落ちこぼれ扱いされていた彼女は家族に捨てられ、奴隷になってしまったらしい。それでも、丁寧な言葉遣いや可愛い笑顔は接客にもってこいだった。買った時は一五歳ぐらいだった見た目も、進化という異世界ならではのイベントもあって、すっかり大人のそれになっていた。

現在は、俺の妻として、そして店に欠かせない接客員の中心として、働いてもらっている。

「はい、オムレツできた。運んでくれ」

「了解ニャ」

俺が料理を出す声に返事をしたのは、最近雇った猫耳獣人のルミ。語尾に「ニャ」をつける女の子だ。接客にはまだ慣れておらず、少し危なっかしい部分もあるが、彼女なりに頑張って動いてくれている。元冒険者であり、従業員募集の依頼を受けて、こちらに転職した形になる。

冒険者とは、ギルドから依頼を受けてモンスターの討伐や素材の収集、旅人の護衛などを行う、この世界ならではの仕事だ。俺もレストランを経営しながら冒険者の仕事をしており、現在ではそのランクをBにまで上げていた。

それよりも……

「シャリアピンステーキ三つ、オムレツ二個お願いします」

「了解」

注文が一気に入り、厨房が忙しくなり始める。丁度昼時になり、店はピークタイムに入った。キッチンには俺しかおらず、一人で全ての料理を作るのにも限界がきていた。

ここ数日、店にくる客数が一気に増えすぎている。一昨日と今日の来客数を比べても、倍近くの人数だ。

ルミを雇ったことで接客の方は問題がなくなったが、次は調理の方が厳しくなっていた。せめてもう一人、今度は厨房の方で雇わなくてはいけない。

「七番テーブルさんのステーキがでてないニャ」

「一〇番テーブルのオムレツはまだですか？」

このように、店として回っていなかった。

やばいな、この調子で客が入ってくるとなると、やっていけない。今日を乗りきれるかしかし、もう店はオープンしてしまった。今更、引くに引けない状態なのでこのままやっていくしかないのだ。

「はい、オムレツ二個。シャリアピンステーキはあと二分待って、今焼いてる。焼きあがったらここに置いておくから、サラダを皿に盛り付けて運んでくれ」

時間がないなら工夫をするしかない。盛り付けも厨房が行うとどうしても時間をとられてしまうので、比較的簡単なものは、接客をしているエリたちに任せる。

「わかりました」

瞬時にその意図を把握したエリが、素早く盛り付けていく。正確に盛り付けをする彼女に、俺は感心した。いやいや、感心している場合じゃないな。料理をさっさと作らなくては……

こうして、レストランは営業していくのだった。

「途切れた……か？」

「そうみたいですね」

「つかれたニャ」

　結局、行列が途切れたのは太陽もてっぺんを過ぎたところで、店の時計を確認すると午後の二時過ぎだった。今もポツポツお客様がいるが、このくらいは問題ない。もう既に、全ての客に料理を運び終えている。

　ところが、エリが突然厨房に入ってきたかと思うと、怖い顔で詰め寄ってきた。

「シン様、休憩を取りましょう。このままではシン様の体が持たないです」

「でも、営業中だよ」

「関係ないです。営業中であっても休憩時間を作るべきです。それに、人手が足りていないのであれば、夜の営業をやめるべきです」

「厨房は一人だから、営業中だと休憩は取れないし……それに、夜の営業は一応稼ぎ時だよ？」

「そんなことはもっと店員を雇ってから言ってください。そもそも見ていて思ったのですが、この店は店員の数に対して広すぎないですか？　私が来るまで一人でやっていたなんて信じられないです。もっと考えるべきです」

　エリがここまではっきりと自分の意見を主張するのは珍しい。先日までは奴隷として働いていたため、何か思うことがあっても遠慮していたんだろう。結婚した効果なのか、こういったアドバイスをくれるようになったのは、ものすごく助かる。

　エリの言っていることはもっともだし、俺も薄々気づいてはいた。日本で営業していた時は、この店には最低でも一日五人は従業員がいたのだ。一人が休憩に入り、四人で営業。これがベストだからだ。

　そのことを考えると、今の状態はかなり苦しい。

「俺もそう思っていたんだ」

「思っていたならさっさと行動してください。今すぐにでもオーダーをストップするべきです」

「でも、昨日休みだった分、今日は働かないと。ストップするわけにもいかない」

「休息も仕事のうちです」

「店のことは俺が判断する。アドバイスは嬉しいが……」

「ニャニャニャニャ」

　ルミが、俺とエリに挟まれてあたふたしていた。エリはちょっと不機嫌になっている。

　俺のことが心配で言っているのはわかる。でも、仕事は仕事。店を開けたのなら、どんなにきつくとも最後までやらないといけない。

「心配するなエリ。倒れるまでやるわけではないから、今日は我慢してくれ」

「……わかりました。今日だけ大目に見ます」

これでひとまず解決。後は仕事終わりに甘いものを出して機嫌を取っておこう。

「あの……すみません」

すると突然、厨房に一人の男の子が入ってくる。

綺麗な顔立ちをしていて、なかなか可愛らしい男の子だ。お客様だろう。

三人しかいない従業員が全員ここにいるので、オーダーを聞ける人がホールに誰もいない状態だった。

「すみません。今すぐお伺いしますので、席でお待ちください」

エリが営業スマイルで優しく対応する。もうすっかり慣れた感じだ。

「あの、違うんです……僕……」

男の子はその場にとどまった。そして俺に視線を向ける。何か決心したような眼だった。

「すみません。店長さん‼」

「ん？」

「僕を弟子にしてください‼」

彼は、俺がはっきりと聞き取れる大きさの声でそう言った。

「弟子？　えっ？」

突然の言葉に、一瞬理解できなかった俺。

どうして弟子になりたいのかわからない。そもそも、俺はこの男の子のことを知らない。店に来たことがあるのかも知らないのだ。なので、はいそうですかと素直に弟子にすることはできない。

「ダメ、ですか？」

目をうるうるさせながら言ってくる。とても可愛いが相手は男だ。ときめくはずがない。

「ダメではないが……どうして俺の店なんだ？」

とりあえず、弟子になりたい理由を知りたかった。丁度、店に人数が欲しいと言っていたところではあるのだ。

「それは……一目惚れです。この店の料理を食べました。僕が見たことのない料理、盛り付け方、そして初めての味。何もかもに感動しました」

「ありがとう」

素直な意見に、思わず感謝の言葉が出た。ここまではっきり言ってもらえると、料理をしていてよかったと思える。

料理人として一番嬉しいことは、お客様から感想をもらうことだ。それが良い感想だったら嬉しいし、悪い感想でもそこから改善することができるからな。

「だから、僕もそんな料理を作ってみたいと思いました‼」

「なるほどね……」

　理由としてはちゃんと筋が通っているが、志望動機としては少し弱いかもしれない。でも、こうして弟子になりたいと直接言いに来たことは褒めるべきだ。それほど感動してくれたということだろう。

「本当に俺の店でいいのか？」

「はい。この店でないとダメなんです」

「厳しいかもしれないぞ？」

「覚悟の上です」

「作り方とか味付けとか、いろいろと常識が変わってしまうかもしれないぞ？」

「それでもなりたいです」

　ここまで強く志望しているなら、断る理由がないな。よし、取るか、弟子。

「よし、いいだろう……君を雇おう」

「本当ですか⁉」

「本当だ」

「ありがとうございます！」

　とても喜んでいる。

「よかったですね。探すと決めた従業員がすぐに見つかって。これでシン様も楽になります」

「いや、まだだよ。まずはいろいろと教えないとな」

「そうですね」

俺の言葉を受けて、エリがにこやかに微笑(ほほえ)んだ。

ちゃんと教え込まないと使えないからな。まずは基本だけでも教えないと。

昨日も休みだったが、明日も休みにするか。本来ならそんなことは避(さ)けたいのだが、店が回らないと意味がない。一日でしっかり教え込もう。

そうだ、まだ彼の名前を聞いてなかった。

「俺の名前はフドウシンだ。気楽にシンと呼んでくれ。君の名前は？」

「すみません、まだ名前を伝えていませんでした」

そう言いながら、俺の方に近づいてきた。

「僕の名前はアカリです。これからよろしくお願いします、師匠(ししょう)」

師匠って呼ばれるのはなんだかこそばゆいな。

そんなことを考えながら、手を取り握手(あくしゅ)をする。

「……あれ？」

……アカリって、女の子っぽい名前だし、この手の柔らかさは……

「もしかして……女の子？」

「そうですけど……なんでですか？」

俺が初めて取った弟子は、僕っ娘の女の子だった。

気づかなかった〜。

とりあえず話がまとまったところで、明日を休日にするという看板を店の表に立てて、仕事に戻る。アカリには店内で待ってもらうことにして、そのまま夜の営業をなんとかこなし、閉店の時間になった。


営業終了後、俺は店の片付けをエリたちに任せて、アカリと一対一の面接を行っていた。

厨房の片付けは俺が全部しておいた。

「アカリは、料理はしたことはある？」

「はい師匠、あります。小さい頃から家で料理をしていましたし、冒険者をしている時も食事は自分で作っていました」

そうか、冒険者であれば街にいない時は自分で食事を作ることだってあるもんな。

「例えば、どんな料理を作っていた？」

「そうですね……レッドボアのステーキ、ムーンベアーのステーキはうまく作る自信はあります」

「うむ。そうか」

料理名を聞いた俺は、もっともらしく頷いた。

……いや、知らないよそんなモンスター!! 何だよ、レッドボアって。前に依頼で行ったウインのレストランで食べさせてもらった、ボアロットの亜種か? もしそうならアレに似た味なんだろうけど、違いがあるのかもわからない。てか、ベアーとかもろ熊じゃん。

それにしても、ある程度料理をしたことがあるようで安心した。まだ一四、五歳ぐらいに見えるし、ちゃんとした料理が作れるのか、心配していたんだ。

とはいえ、うちの店の調理方法は、この世界のそれとは全然違う。うちで働くなら、まずは包丁の握り方から教えないといけないな。

もっとも、アカリは料理の経験があるのだから、刃物の扱いはある程度は慣れているはず。つまり、教えれば包丁も使いこなせるはずだ。

包丁を使って切ることができれば、後は炒める、煮る、蒸す、揚げる、焼く、味付けだ。そのあたりが実に奥が深いところなのだが、こちらについても簡単なことならできるだろう。

しかし、ここはれっきとしたレストランだ。簡単なことで満足してもらっては困る。ある程度、手間のかかる料理を作らなくてはいけないのだ。

そのために、アカリにはまず、和食・洋食・中華の入門料理を学んでもらおうと考えている。

「シン様、片付けが終わりました」

「疲れたニャ～。明日が休みでよかったニャ」

そう考え込んでいると、エリとルミが声をかけてきた。

「お疲れ様。ゆっくり休んでくれ。お風呂は沸(わ)かしてあるから入ってくるといい」

「やったニャ。エリ、行くニャ」

「わかりました。そこの方は？」

エリがアカリに問いかけた。お風呂には入らないのかという意味だろう。

「まだ、話の途中なので僕は……」

「いや、入ってくるといい。彼女は俺の妻だから、親睦(しんぼく)を深めるつもりでな。話の続きは、また明日にしよう。遅(おそ)い時間になってしまったし、部屋は用意しておくから、今日はうちに泊(と)まりなさい」

「……わかりました、師匠」

少し納得がいってないような様子を見せたアカリだったが、エリたちについていく。

「ああ、そうそうエリ。俺は疲れたから、アカリの部屋の準備が終わったら先に寝ておく。起こさないでくれよ」

「わかりましたシン様。おやすみなさい」

「おやすみ」

挨拶をして、エリたちはお風呂へ行く。

普通なら、お風呂を覗きに行くところだ。

……が、一日中忙しかった疲れにはかなわない。というかエリは俺の妻であるわけだし、わざわざこそこそと妻の裸を覗く夫がいてたまるか。

ルミとアカリについても、エリが一緒にいるのに、覗きに行くわけがないじゃないか。

ということで、俺はいそいそとアカリの部屋の準備をして、自分の部屋で眠ったのだった。

2

翌朝。

朝食を皆でとった後、アカリは一度、着替えや荷物を持ってくるために、宿に戻った。

その間に俺は厨房の準備をしておく。

エリとルミには好きに買い物をしてきていいと言ってお金を渡し、外出させている。邪魔(じゃま)とまでは言わないが、気が散(ち)るからだ。エリは最後まで頑(かたく)なに拒(こば)んでいたが、ルミが引きずって連(つ)れて行った。

現在店にいるのは、荷物を持って戻ってきたアカリと、厨房の準備を終えた俺の二人だけだ。

「それじゃあ、始めるか」

「よろしくお願いします、師匠」

さて、さっそく修業(しゅぎょう)を始めるとしよう。

和食、洋食、中華料理にはそれぞれ、入門と呼ぶべき料理がある。

これは、俺が通っていた調理師学校で習(なら)ったことなのだが、この入門の料理を覚えていれば、多くの料理に応用できるのだ。

まず、洋食……これについては、この世界で既に作っているものだ。

「じゃあ、オムレツから作ろうか」

「あのオムレツですね、つい昨日、食べました。中がとろーり周りはふんわり。お店の代表的なメニューですよね。他の店でも同じメニューを出していますが、ここのお店のものは特別ですね」

べた褒めだった。聞いていて恥ずかしい。

さて、このオムレツは一見簡単そうに見えるが、その作り方は奥が深い。

「まずは卵を混ぜよう」

俺は自分の手元で卵を混ぜながら、アカリに新しい卵と器を手渡し、混ぜるように指示する。

「この卵……見たことありません」

それもそのはず。この異世界にはいない、地球の鶏の卵だ。知らなくて当然だ。

「常識が変わるかもと言っただろ？　いちいち疑問に思っていたら、どんどんわからないことだらけになっていくぞ」

「わかりました」

アカリには、俺の魔法については教えないことにしている。信頼している相手以外には、バラさない方がいいだろうと考えてのことだ。もちろん、エリにもそう伝えてある。

「卵を混ぜたら塩を一つまみ入れる」

「入れました」

「では、焼きに入ろうか」

「味付けはこれだけなんですか？」

アカリがびっくりした様子で尋ねてきた。

「そうだ。後はソースの味で食べることになる」

料理とは、案外シンプルな味付けのものが多いのだ。

「卵を焼く前に、たっぷりの油を弱火で熱して、フライパンに油をなじませる。これを、油返しと呼ぶ」

「この作業をしなかったらどうなりますか？」

「フライパンに卵が引っ付いて、はがれなくなるな」

まずは手本として俺が作ってみる。実際に見せないと工程はわかりにくいからな。

「油がなじんだら一度油を捨て、新しく大さじ一杯の油を入れる。白い煙が出始めたら卵を入れる」

後は一気に作るだけだ。俺の手元を、アカリは真剣に見ていた。技術を盗もうとしていることがよく伝わってきた。

完成したところで、アカリにバトンタッチする。

「それじゃあ、アカリが作ろうか」

「はい」

卵液は先ほど作ってあるので、焼くだけだ。

「油を入れて……白い煙が出たら、卵を流し入れる」

卵をフライパンに入れて、三秒待つ。

「はい、かき混ぜる」

アカリが一生懸命かき混ぜる。いや、必死すぎやしませんか？　一生懸命なことはいいことだが、いきなり飛ばしすぎだ。最後まで持つだろうか。

「卵が半熟になったら、フライパンをコンロに叩きつける。今の状態を忘れるなよ」

「はい」

コン、コン、コン。三回叩いたら、手前半分を奥半分に重ねていく。さっきの油返しをしてなかったら、卵がこびりついて半分にできない。

「ここからが難しいぞ。フライパンの柄を叩いて、つなぎ目を上にするんだ」

アカリが柄を叩くが、ひっくり返らない。初めはそうだよな。うまい人でも、初めから完璧になんてできやしない。

「肩の力を抜いて、軽くでいい。もう一度叩いて」

肩に力が入っているとフライパンを強く握ってしまい、動かなくなってしまう。アカリがうまくできないのは、そこが原因だな。と、おお、少し動いた。

「もう少し力を抜いて、初めてなんだから失敗はするさ。軽い気持ちで作ろう」

「はい」

少しずつだが肩の力が抜けてきたな。既にオムレツは半熟じゃなくなっているが、これは練習だ。しょうがない。

「よし、つなぎ目が上に来たらくっつけて、今度はつなぎ目を下にするようにもう一度柄を叩いていく」

少し、少しとつなぎ目が下に動く。上達が早いな。俺なんか三回ぐらい練習しないと動かなかったのに……やっぱり俺には才能はあまりなかったのかな。自信がなくなるものだ。

「つなぎ目が下になったら五秒待つ。後はフライパンを返して皿に盛る」

「はい、できました」

「よし。初めてにしては上出来だな。俺よりも才能がある」

「いえ、師匠には遠く及びません」

さて、肝心のオムレツの出来だが、少し焦げ目がついていた。

柄を叩いてひっくり返すのが遅くなるとこうなるのだ。スプーンで中を確認しても半熟とは言えない。

「中がとろーりではないですね……」

「最初はできなくて当たり前だ。ほら、もう一度やるぞ」

アカリに卵液の入った器を渡す。アカリに教えながら準備していたものだ。ちゃんと味付けもしてある。

「できるまでやってもらう。これが俺の教えだ」

「はい」

本当は通っていた学校の方針だが、勝手に俺の方針にすることにした。

できるまでやる、いいじゃないか。アカリには、学校で習ったのと同じように習わせることにしよう。

考えているうちに、アカリはオムレツを完成させた。こちらもまだ、理想には程遠い。

「それじゃあ、もう一度。まだまだ、あるからな」

「こ、これは……」

器を差し出す俺の前には、割られた卵が六〇個ほど。それを見たアカリは顔を引きつらせながら、オムレツを作り始めた。

あ……作らせるのはいいが、オムレツはどう処分しようか……全然考えていなかった。

とりあえず、後で考えればいいかな……

そんなこんなで、時間がかかったが何とか二〇個作り終えた。大体一〇個目ぐらいから様になってきて、二〇個目には綺麗に作れるようになっていた。

言いたいことや直してほしいところはまだまだあるが、それはとりあえず口頭で伝えるだけにして、次の段階に移ることにする。一日だけで三つの入門料理を学んでもらうのだ、時間が足りない。これで洋食はいったん終わりにしよう。

3

さて、洋食の次は和食だな。

「それじゃあ……次は魚をおろそうか」

魚の三枚おろしは、和食、特に魚料理の基本と呼べる技術だ。

和食の基本的な技術といえば、桂剥きをはじめとした包丁の使い方が定番で挙げられるのだが、今後魚料理の提供も考えているので、今回は魚のおろし方を教えることにした。

「魚のおろしですか……少し苦手です」

「苦手なら尚更だな、練習しないと上達しない」

俺の言葉に、アカリは力強く頷く。

「わかりました。やってみます。一度、僕がおろすのを見てもらっていいですか？」

「いいだろう。見てから足りないところを教えることにしようか」

魚をおろすことができるのは、それなりに料理ができる証拠だ。一度見て指摘するだけでいいのなら、後は簡単だな。

俺は冷蔵庫から、魚を取り出す。これは昨晩のうちに、創造召喚で日本から召喚しておいたものだ。アカリの目の前で召喚するわけにはいかないからな。

さて、今からおろすのはブリだ。正確に言えばブリの子供。俺の場合はヤズと呼んでいたが、どうやらこの呼び方は地方によって違うらしく、ワカナとかツバスとも呼ばれているらしい。ちなみにヤズは九州などでの呼び方のようだ。

まな板の上にブリを載せたところで、アカリにおろすよう指示する。

「それじゃあ」

そう言いながらアカリが取り出したのは、小さなナイフだった。

忘れていた……この世界には包丁がないんだった。スズヤさんの料理風景を見た時にわかっていたことじゃないか。

「ストップ、ストップ‼」

「どうしたんですか？」

俺の声に反応して、アカリは魚をおろすのをやめる。彼女はこちらを見て、何か悪かったのかと首を傾げた。

「何か変でしたか？」

「いや、入り方はあっていた。だけどその前に、そのナイフを包丁に換えようか」

「包丁とは？」

「これだな」

俺は愛用の包丁が入ったケースを取り出して、開いて見せる。全部で五本。綺麗にしまってある。

「何故、五本もあるのですか？　それに普通のナイフと違って、片方は刃がないです。刀みたいですね」

あれ、刀はあるのか……なら、包丁も作ってもらえるかな、これを見本に。

俺が考え込んでいると、アカリがじっと見つめてくる。そうだ、五本ある理由だったな。

「ああ、五本ある理由は、切るものによって包丁を換えるためだな」

「換える理由はあるのですか？」

「もちろんある。包丁一つ一つに特徴があり、いろんな種類の材料を切りやすいように作られているんだ」

いい機会なので、アカリに包丁の説明をすることにした。

包丁にはたくさんの種類がある。その中で俺が愛用しているのは、和包丁が三本、洋包丁が二本だ。この五本は、包丁の基本でもある。

さて、それではそれぞれについて説明しよう。

一本目は、菜切り包丁。

その名の通り、主に野菜を切る時に使う包丁だ。刃幅が大きく、さらに刃線が反っておらず直線に近いため、まな板での刻み物がしやすくなっている。また、切っ先が丸くなっているのも特徴だ。

二本目は、柳刃包丁。

これを持っている人は、中々いないのではないだろうか。この包丁は刺身を切る（引くとも言う）ための包丁だ。他の包丁に比べて刀身が長く、一気に引くことで綺麗な切り口を作ることができる。

三本目は、出刃包丁。

これが今回、ブリをおろすのに使う包丁となる。魚をさばく時に使う包丁だ。つくりがかなりしっかりしていて、峰は分厚いのだが、刃の部分は薄く作られており、その重さを利用して切るような使い方になる。

ここまでの三本のうち、柳刃包丁と出刃包丁は片刃包丁だ。片刃包丁とは、刃の片方が平面で、もう片方のみが斜めの砥ぎ面（切れ刃）という、断面が「レ」のようなつくりになっている。ちなみに、両面が砥ぎ面となっていて、断面が「V」字型になっているものを、両刃包丁と呼ぶ。菜切り包丁は両刃包丁だな。

なお、片刃のものは両刃のものに比べて、薄く削いだり刻んだりする作業がしやすいと言われている。

さて、ここからは洋包丁の紹介だ。俺が持っているのは、牛刀とペティナイフの二種類。

牛刀は、元はその名の通り、牛肉を切る際に使われていた。だが肉だけでなく、野菜やパンを切るのにも適していることから、万能包丁として扱われている。両刃で、普通の家庭にある文化包丁よりも直線部分が長くなっている。

最後は、ペティナイフ。「ペティ」とはフランス語で「小さい」という意味で、その名の通り小さい牛刀のことを指す。フルーツの皮剥きや飾り切りなんかに使う包丁だ。アニメやドラマなんかで、病室でお見舞いのリンゴを剥くシーンがあるが、あのナイフがこれだ。

そうだ、せっかくなので、包丁の握り方について、ここで簡単に説明しておこう。

包丁の握り方は様々だが、大きく分けて三つあると俺は教わった。

一つ目は、卓刀法。

親指と人差し指の付け根で包丁の柄元を挟み、他の三本の指は柄を軽く握る形になる。

基本中の基本の握り方と言えるだろう。

二つ目は、支柱法。

人差し指を包丁の峰に乗せ、残りの四本の指で柄を握る形だ。

包丁の横ブレを防ぐことができるので、柔らかいものや滑りやすいものを、正確に切りたい時に向いている。

そして三つ目が、全握法。

名前の通り、包丁の柄を全部の指で上から握る形になる。

力が入りやすいため、主に魚の骨などの、硬いものを断ち切る時に使われる握り方だ。

他にも握り方はいろいろあるが、まずはこの三種類を覚え、どの場面でどんな握り方をするのが適切かを把握して、使い分けることが重要だ。

「……と、まあこんな感じだな。どうだ、覚えたか？」

一つ一つの包丁と握り方について説明を終えた俺は、アカリの方に向き直る。

「包丁というのは、こんなに種類があるのですね……食材によって刃物を使い分けるだなんて、そんなことをしてるのは師匠だけだと思います」

「そうだろうな。少なくとも、この街で包丁を持っているのは俺だけだろう。俺の弟子になったんだ、これを使ってもらうぞ」

「はい」

予備として創造召喚で持ってきていた出刃包丁を、アカリに渡す。今回は三枚おろしなので、出刃包丁だけでいいだろう。

「使い方は……」

「わからないです」

「了解。なら、今回も俺が一度やってみるから、どうやって使うのか見ておいてくれよ」

「はい」

俺は自分の包丁を持って、魚をおろしにかかる。

「それじゃあ、始めるぞ。一度だけしかやらないから、ちゃんと見ていてくれよ、アカリ」

さて、まずは魚を水でしっかりと洗う。

これは魚の表面についている病原菌(びょうげんきん)を洗い落とすためだ。有名な病原菌としては、腸炎(ちょうえん)ビブリオという、塩分を好むものがある。こいつは海にいる魚の大半についているのだが、真水には弱いため、料理の前にはしっかりと洗うようにしたい。

洗い終えたら、次は鱗を取る。

この時、頭が左側になるようにまな板の上に置き、尾側から頭に向かって、出刃包丁の刃を滑らせて鱗を擦り取っていく。ちなみにコツとしては、背側を刃先で、腹側を刃元で擦るようにすると、綺麗に取ることができる。

鱗がしっかり取れたところで、えらを取る作業に入るのだが、少し難しくなってくる。

まずはブリの頭を右側にして置き、えらぶたを持ち上げて、えらを守っている膜を切る。この膜はえらとくっついているため、ここで切っておくことで、後からえらが取りやすくなるのだ。えらは両面にあるので、しっかりと両方切っておく。

次に、腹びれの間を切る。まっすぐに切っていき、肛門のところまで包丁を滑らせていく。

そのまま腹を開いて、腹側にあるえらの付け根を切る。えらは両側についているが、付け根は一つだ。そこを切れば、簡単に両側を取ることができるようになる。

ここまできたら、えらをしっかり持ち、尾に向かって引っ張る。こうすれば、内臓も一緒についてくるのだ。

忘れがちなのが、内臓を取った後、腹の内側にある膜を切ることだ。

この膜がいわゆる血合（ちあい）と呼ばれる場所になる。中に溜（た）まっていた血が出てくるが気にしない。

膜を切ったら、残っている内臓や血などをササラを使って水洗いする。

ササラというのは、魚を洗う道具だ。木で作られた竹箒（たけぼうき）に似た形をしている。これがない場合は、竹串を輪ゴムで束（たば）ねたものを使うといい。鉛筆（えんぴつ）のように持ち、先を広げながら腹の内側に当てて洗っていく。特に血合の部分には多くの血があるので、この水洗いでしっかり落とすこと。

——以上が魚の三枚おろしの前準備だ。

終わったと思った？

そんなはずがない。まだ、三枚におろしていないのだ。

「さあアカリ、ここからが本番だ、よく見ておけよ」

俺の言葉に、アカリはぐっと頷く。

さっき洗ったブリの水分を、しっかりと取る。腹の内側まで、しっかりとだ。

まな板も水洗いし、頭が左になるようブリを置く。頭を落とすのだ。

頭の上部分から胸びれを通り、腹びれの隣（となり）まで切り落とす。

頭の向きは左のまま、裏返して同じように切る。後はつながっている部分を切り落として頭を取る。

さて、次は身に包丁を入れていこう。

頭があった方を右側に、腹が手前に来るように置き、肛門があったあたりから尾びれの方に向かって、骨に沿って切っていく。

尾びれの方まで切れたら、魚を一八〇度回転させ、頭側が左、背側が手前になるようにする。

身を上から掌でおさえつつ、尾びれ側から包丁を入れ、背骨に沿うようにして中骨のあたりまで切っていく。腹骨が背骨にくっついたままになっているので、これを包丁の刃先ではずせば、上身が取れる。これで片面は終了だ。

次は断面がまな板に接するようひっくり返し、背側から包丁を入れて背骨に沿って切っていく。背側を切り終えたら、再度魚を一八〇度回転させ、腹側を切る。こちらについても、腹骨が背骨についたままになっているので、丁寧にはずしてあげよう。

以上で、片身が二枚と、中骨一枚になり、三枚おろしの完成だ。

コツとしては、身を切る際には骨に沿って削ぐようにおろすこと。骨を包丁の切っ先に常に当てた状態で骨を感じながら切っていくと、綺麗におろせる。

初めの頃は、骨に沿って切るのは難しく、逆に骨に当たってしまい包丁が動かなくなるという状態に陥りやすい。その多くは、力の入れすぎが原因なので、常に肩の力を抜くことが必要だ。

三枚おろしに限ったことではないが、基本的に、和食では体に力を入れすぎないようにしたい。常に力を抜いた状態で調整することがベストだ。

さて、三枚におろしたブリだが、片身を食べやすくするには、もう一手間かかる。

その一手間とは、身に残っている腹骨をはずすことだ。

ただ三枚におろしただけでは、腹骨がしっかりくっついてしまっているため、刺身などにしにくく、また煮込んだとしても、骨が口に当たってしまう可能性がある。

そこで、腹骨をはずす必要が出てくるわけだ。なおこの際、骨に沿うようにして切らないと、身を切りすぎてしまうことになるので、注意したい。

――よし、これで三枚おろしは完成だな。

「何か質問はある？」

「ありません」

アカリはすっかり感心した様子で頷いていた。

このように、下ごしらえするだけでも大変なわけだが、これができなければ作れない和食は数多い。和食の代表的な料理である刺身すら作れないのだ。

そうだ、せっかくなので今度刺身も作ろうかな。

と、その前にまずはアカリの練習だな。魚をさばくのは、オムレツを作るよりも難しいだろう。だから……

「魚はたくさんある。オムレツ同様、存分に練習してくれ」

「はい……」

オムレツ同様。その言葉にまた大量に練習することを悟ったのか、アカリは苦笑いをしながら魚をおろしにかかった。

ブリは、一〇匹用意している。決して多くはない数だ。

俺が昔学校で習った時も、一〇匹目ぐらいになれば綺麗におろすことができるようになったので、アカリも問題ないだろう。

さて、次は中華だ。

アカリがブリと格闘している間に、準備をしておくとしよう。

中華料理は、基本的に豪快に作ることが多い。何を教えることにしようか……

よし、やっぱり、中華と言えばあれだよな。

何を作るか決めた俺は、からっぽの倉庫に入り、地球から材料を取り寄せた。

「できました」

準備を終えて厨房に戻ってくると、一〇匹の魚全てが三枚におろされていた。

最初の方は身が崩れているものもあるが、終盤には大分ましになっていた。後は継続して練習していけば綺麗にさばけるようになるだろう。

それなりに三枚おろしができるようになったところで、和食の基本は終わりにした。

最後は中華料理だな。

4

さて、中華料理の基本として教えるのは、王道メニューである。豪快かつスピーディーな調理が特徴的な料理。すなわち……

「チャーハンを作ってもらう」

俺の言葉に、アカリは首を傾げた。大体予想していたけど、この世界にはチャーハンもないみたいだな。

それにしても、ここまで五時間ぶっ通しで練習してきたわけだが、アカリは疲れていないのだろうか。腕とか足とか、結構疲れると思うんだけどな。休みなし、立ちっぱなしだったのだから、限界に近いだろう。

「作る前に少し休むか？」

「いえ、まだ大丈夫です」

心配して聞いてみたが、すぐに断りの返事をしてきた。俺的にはここで休憩を入れた方がいいと思うのだが断固拒否（だんこきょひ）された。

「ほんとに大丈夫か？」

「大丈夫です。確かに疲れましたが、知らなかったことを学べて楽しい気持ちの方が勝っています」

「そうか……」

正直なところ、アカリは女の子だから体力的に心配だ。いくら冒険者をやっていたとはいえ、男性よりも体力はないはず。しかも次に教える中華料理は、鍋（なべ）を振る必要があるため、かなり体力を消耗（しょうもう）することになるだろう。

しかし、ここまで言うのならば休憩は入れずにいこう。

適度に休むのは大切だが、モチベーションというものも大切だ。休憩をはさんで集中力を落とされても困るので、このまま教えることにする。

アカリの体力を信じることにしよう。

「じゃあまずは、俺が一度作る」

「今までと一緒ですね」

「そうだ。その後にやってもらうからよく見ておけよ」

どの料理でもそうだが、チャーハンを作る時にも下準備から始める。

まずはエビの下処理から。エビの殻を剥き、背ワタを取る。串や爪楊枝を背に浅く刺し、ゆっくりと引き抜くと取りやすい。

続いて、エビをよく洗う。この時に片栗粉を少しまぶして洗うと、汚れがよく取れる。二回ほど洗ったら、しっかりと水気を切る。

そして下味をつける。使うのは、塩・胡椒・卵白・片栗粉・油だ。下味をつけたらボイルする。ここまでがエビの下処理。

次に他の具材の準備だ。

ハム・ネギ、後はグリーンピースと卵。

ハムは一口サイズ、ネギはみじん切りにして、卵は溶いておく。グリーンピースは冷凍のものを用意したので、解凍するだけだ。

これで下準備は完了。

いよいよ中華鍋で炒めていく。

鍋に油をひいて熱する。充分に温まったところで、油を捨て、新しい油を小さじ一杯入れる。白い煙が出てきたら、その先はスピードが命だ。

溶いておいた卵を入れる。火が通って軽くふんわりしてきたら、すぐにご飯を入れて、一度ひっくり返す。

おたまを使い卵とご飯をなじませたら、先ほど準備しておいたエビとハムを加える。

このタイミングで、塩と胡椒を使って味を調(ととの)える。

鍋を大きく振り、ご飯がパラパラになるまで炒めたところで、グリーンピースを入れる。

味を見て大丈夫だったら、最後にみじん切りにしたネギを入れ、軽く炒め合わせて完成だ。

もし、店で出るようなパラパラした本格的なチャーハンを作りたいなら、ご飯の炊(た)き方から工夫したい。

まずは米と水を一対一の割合にしてご飯を炊き、炊き上がったものに油をまぶして、一人分ずつに分けてラップに包んで冷凍する。チャーハンを作りたい時にこれを自然解凍させると、ご飯がパラパラになるのだ。フライパンに入れる前に卵とご飯を混ぜるとか、マヨネーズを使うといった方法もあるが、この方法が一番簡単だろう。

「よし、それじゃあやってもらう。下処理は、アカリが魚をおろしている時に全てしておいたから後は炒めるだけだ」

「炒めるだけでいいのですか」

「それでいい。鍋を振る、というのがこの練習の目的だからな」

中華鍋やフライパンを振るのは、一見簡単そうだが実は難しい。

前後上下に動かし、鍋の曲線を利用して具材を混ぜるため、食材が重くなれば重くなるほど難易度が上がっていく。

今回作ってもらうチャーハンは、米がパラついて混ざりやすいため、比較的簡単な部類に入る。練習にもってこいの料理ということだな。

「まずは慣れるのが目的だから、五食分で大丈夫だ」

「わかりました」

場所を交代して、フライパンを熱し始める。

真剣な表情でチャーハンを作り始めたアカリを見ながら、俺は一息つく。

これからはチャーハンもメニューの一つに組み込むことにしよう。せっかく教えたのだ。メニューにしないと、作る機会もなくなっちゃうしな。

時計を確認すると、一七時。昼も過ぎてもう夕方だ。そろそろエリたちも帰ってくるだろう。

今日の晩ご飯は……うん。準備する必要ないな。

――カランカラン。

「ただいま戻りました。シン様」

「帰ってきたニャ」

エリとルミの帰宅を告げる声が聞こえてきた。

おっ、丁度帰ってきたな。エリたちが厨房に入ってくる。そして固まった。

「シン様……」

「ニャニャ」

エリと目線を合わせるのが怖かった。

わかるよ……言いたいこと。自分でもよくわかっております。

「シン様……こっち向いてください」

「はい‼」

意を決して振り向くと、エリがにこやかに笑っていた。

その手には一個のオムレツ。

「これはどうするのですか？」

「どうするのでしょう……」

妙な迫力のある笑みを浮かべるエリに、気圧される俺。

オムレツは、エリの手にある一個だけではない。

テーブルの上には、まだまだ大量のオムレツと三枚におろされた魚、それに現在進行形でチャーハンが増えていっている。

作ったはいいものの……その後どうするか、結局全然考えていなかった。

「正座してください」

「少し弁解を……」

「正座してください」

「はい」

おとなしく俺は正座をした。厨房には、アカリがチャーハンを作る音だけが響いていた。

「そもそもですね……」

エリが帰ってきてから一五分くらいだろうか。ずっと正座の状態で説教をされている。

「私の夫としての自覚をもっと持って……」

関係ないことまで言われてしまっていた。

もうアカリはチャーハンを作り終わっている。そろそろ説教も終わらないだろうか……

「何をよそ見しているのです。ちゃんと話を聞いてください」

「はい」

一向に終わる気配がなかった。


それから更に一〇分ほど。

「わかりました？」

「はい、わかりました」

――ようやく説教タイムが終わった。

ただし、説教が終わっただけで、根本的な問題は解決していない。料理は残ったままなのだ。とりあえず、立って片付けを……

「ぐはっ‼」

立とうとした瞬間、ダメージを受けました。

「どうしたんですか、シン様？」

「いや、大丈夫」

さすがにエリも心配そうに駆け寄ってくれた。だがこれは俺の問題だ。途中から感覚がなかったので忘れていたが、俺は三〇分近く正座をしていた。

……つまり、そういうことだ。

「大丈夫……大丈夫……うっ」

「シン様⁉」

「大丈夫だから」

「でも……その体勢は心配になります」

きっと今の俺は、ものすごく滑稽な体勢になっているのだろう。

足を伸ばして悶える俺……絶対かっこ悪い。

つん。

「ぐはぁ‼」

「ニャニャニャ‼」

追い打ちをかけるように、ルミが足をつついてきた。ルミは楽しそうに笑っている。

やめなさい！　俺はたまらず這って逃げる。

「面白いニャ」

そう言いながら、にこやかな笑みを浮かべて近づいてくるルミ。

おい、やめろよ。これ以上するな。やめろ、やめてくれ‼

「ニャく」

「うわぁぁぁぁぁ‼」

俺は悶絶した。ルミよ……許すまじ。

しばらくして、俺の足は落ち着きを取り戻した。結局あの後、ルミには頭ぐりぐりの刑をして、制裁を加えた。

そのおかげで……

「怖いニャ……怖いニャ……」

ものすごく恐怖を与えることに成功したようだ。ルミはすぐに調子に乗るからな、これくらいが丁度いい。

さてと、落ち着いたところで、大量の料理をどうするかを考えるとしよう。やっと本題だ。

「何か案はないか？　もちろん俺たちが食べることは大前提で、それ以外の方法も考えよう」

「そうですね……」

エリが顎に手を当てて考える仕草をする。考え込んでいるのか、耳と尻尾が揺れているのが可愛い。俺の妻、最強。

「友達を呼ぶのはどうでしょうか？　スズヤさんやカオルさんたちを呼んで、皆で食べるのは？」

カオルさんとは、冒険者ギルドの受付嬢のことだ。スズヤさんと一緒に、俺たちの店によく来てくれている。

「それは考えたが時間も時間だからな……」

店内の時計を確認すると、今の時刻は一八時。いつの間にかこんな時間になっていた。説教だったり足の痺れだったりのくだりがなかったらその案でよかったのだが、彼女たちもう晩ご飯は食べているだろうし、声をかけるには遅すぎるな。

「確かにそうですね……なら、どうしましょうか……」

「あの……」

ここでアカリが手をあげた。おっと、アカリのことをすっかり忘れていた。

「すまん、忘れていた。今日は一日お疲れ様。これで修業はひとまず終わりだ。明日からは、実際に厨房に入って仕事をしながら覚えていってくれ」

「ありがとうございます。これからもよろしくお願いします」

アカリがペコリと頭を下げる。

「おお、こちらこそよろしく。それで……この料理だが……」

「僕にいい案があります」

俺の言葉をさえぎり、アカリは自信満々に言いきった。

俺はそのドヤ顔が可愛いと思ったことを心の奥にしまい込みつつ、先を促す。

「ほう？　案って何だ？」

「空間魔法を覚えましょう」

「「……はい（ニャ）？」」

アカリは、俺たちの予想の斜め上の案を、提示したのだった。

5

空間魔法か……確かに使えたら便利だが、しかし……

「空間魔法って、失われた古代魔法ですよね……世界でも一人しか使えないと聞いているのですが……」

「しかも、その魔法使いは世界に三人しかいないレベル４の魔法を使える人の中の一人って聞いたニャ」

エリがびっくりした様子で呟き、冒険者として活動していたルミの補足も入る。

レベル4って言ったら、ごくわずかしかいないってエリに教えてもらったな……三人しかいないのか。

そんなすごい魔法を覚えるだと……そんなことができるのか？　だいたいどうやって……

俺たちが疑問の表情を浮かべていると、アカリが再びドヤ顔で口を開く。

「そうです。一人しかいません。それが僕です」

「はい？」

「その一人は僕なんですよ」

アカリはにっこりと笑みを浮かべた。

そうか、なるほど。世界に三人しかいないレベル4の魔法使い、その中で唯一空間魔法を使えるのが、アカリだったのか……

「「って嘘!?」」

「反応遅いですよ」

アカリは俺たちの反応に苦笑している。

世界は案外狭いのかもしれない。世界で一人しかいない空間魔法の使い手、それが目の前にいるなんて。あらためて、アカリを見る。

「……」

「……あんまりじろじろ見ないでください」

「シン様。正妻(せいさい)は私ですからね」

エリに睨(にら)みつけられる俺。いや、じろじろ見た覚えなんてない。ただ、レベル4となればもっとオーラのようなものがあるだろうとばかり思っていたので、少し拍子抜(ひょうしぬ)けしただけだ。

別に威厳(いげん)がないなとか思っていないぞ？

「何か失礼なことを考えてませんか？」

「いや、何も考えてないよ」

アカリにじーと見られる。

俺のこめかみをツーっと汗が流れた。いやー暑いな、うん、暑すぎて汗かいちゃうな。

こういう時の女性の勘(かん)というのは、えてしてよく当たるから注意するべきだ。

アカリは一人称や話し方はまるで男みたいだが、一応は女性なのだから……

「また、失礼な……」

「それで、空間魔法を教えてくれるのか？」

アカリのムッとした声に被せるようにして、会話を先に進める。これ以上話が長くなると、いろいろと余計なことまで見抜かれそうな気がして怖い。

「……まあ、いいでしょう。このことはまた後で話しましょう」

後で話さないといけないのかよ……めんどくさいものだ。魔法の話をしているうちに忘れてくれればいいのだが。

「先ほどの質問の答えですが、はい、空間魔法を教えます」

「教えますと言われてもな……」

簡単なはずがないよな。世界でもアカリしか使えない魔法なのだ。それを覚えるとなると、何年もかかる可能性だってある。

ていうか、そもそもどうして今、空間魔法を覚えさせようとしているのか。それを率直に聞いてみる。

「空間魔法を覚える理由は？」

「料理や食材の保管ができます。処理に困っているならこのようにして……」

アカリはそう言いながら、まだほんのり温かいチャーハンが盛り付けられた皿を手に取る。そのまま念じるような仕草をすると、一瞬にして皿が消えた。

「別の空間に送ることができます。この別空間には、時間の経過というものが存在しないので、もう一度出しても……」

消えたチャーハンが戻ってくる。温かさは同じままだった。

「食材や料理で言うならば、鮮度や温度が変わらず、送った時と同じ状態で保管できます。今回はすぐに出したので、当然ながら違いがわかりにくいかと思いますが、たとえば明日、明後日、さらに一週間後でも、今と同じ状態で取り出すことができるのです」

「それはまた……」

なんとも便利な魔法である。別空間に移したそのままの状態が保てるということは、理想的な状態で作り置きができるということだ。

一気に料理を作っておいて、空間魔法で保管。温め直す必要も、鮮度を気にする必要もないので、注文が来たらその場ですぐに取り出せばいいのだ。

レストランとしては、ぜひとも欲しい魔法だ。

「じゃあ、質問だ。それならアカリ一人で充分じゃないか？　別に俺たちが魔法を覚えなくても、アカリが保管すればいいだろう？」

「ところがそうはいかないんです。この魔法にもデメリットが存在します。保管できる数に上限があるのです」

「そうなのか……その上限って、どうやって決まるんだ？」

俺の質問に、アカリは若干首を傾げながら答えてくれた。

「空間魔法の使い手は私一人しかいないので、正確なところはわからないのですが、多分MPの量で決まるんだと思います」

ここでもMPである。この世界では、MPは便利なものであるようだ。

「となると……この量はアカリだけでは」

「保管しきれません」

なので、俺たちにも空間魔法を覚えさせようとしているのだな。

「アカリ。空間魔法は俺たちでも使えるようになるのか？」

世界で一人しか使えない魔法なんだ、そう簡単に使えるようになるとは思えないのだが……

「僕が思うに、魔法を使える人であれば、習得確率は三割ぐらいじゃないでしょうか。センスとMP次第だと思います。魔法使いではないと、MPがすぐに切れてしまうと思いますが」

三割か、思っていたより高いな……っていうか空間魔法って、アカリしか使えないいんじゃないのか？　それで三割っておかしいだろ。

「なあアカリ、空間魔法ってアカリしか使えないんだろ？　なんで三割なんて数字が出たんだ？」

　俺は率直にその疑問をぶつけてみた。

　するとアカリは、頬（ほお）をかきながら答えた。

「すみません、完全に僕の勘です。これまで空間魔法を他人に教えてみたことはないのですが、なんとなくそんな感じかな、と……」

　なんだ、根拠（こんきょ）のある数字じゃなかったのか。

「じゃあ、とりあえず教えてもらうだけ教えてもらってみるか」

　やってみたら案外簡単にいけた、とかありうるしな。

　というわけで、皆で教えてもらうことになった。


　さて、と前置きしたアカリが皆を見回す。

「そもそも空間魔法の使い手が、何故（なぜ）僕一人しかいないのかわかりますか？」

「才能ある魔法使いだからだろ？」

「それは違います。どちらかというと、僕には魔法使いとしての才能はありません。空間魔法以外は使えないのです」

　俺の言葉に、アカリは悲しそうな顔で首を振った。

空間魔法しか使えないのか。とはいえそれでもレベル4ということは、空間魔法はそれほど強力な魔法だと捉えることができる。

「でも、運がよかったのもありますね。僕は他の魔法の才能はありませんでしたが、空間魔法の才能だけはありました」

「やっぱり才能じゃないか」

「ええ、それもそうですね。でも実は空間魔法は本来、コツさえつかめばほとんどの人に使えるはずの魔法なんです」

ほとんどの人が使えるはずの魔法？　それじゃあ、どうしてアカリしか使えないのだ。おかしいぞ。

「じゃあ、何故僕しか使えないのか……という顔をしてますね。その答えは単純に才能、この場合はやはり運と言った方が正しいのでしょうか……現在で使えているのが、たまたま僕だけだった、それだけなんです。先ほど、何故僕がほとんどの人が使えるはずと言ったかというと、皆さんも知っている通り、空間魔法が古代魔法だからです」

「古代魔法か」

言葉自体はちょくちょく聞くのだが、この魔法について俺はあまり詳しく知らない。いや、そもそも魔法に関して、俺はこの世界の人間じゃないし教育を受けていないので、知らなくても当然である。エリも落ちこぼれとして扱われていたので、古代魔法についての知識はあまりないようだった。

「アカリちゃんニャ。多分だけど、店長とエリちゃんは古代魔法について詳しく知らニャいみたいだニャ」

「本当ですか？」

アカリの言葉に、俺とエリは二人して頷いた。息がぴったりだ。

「しょうがないですね……簡単に説明しましょう」


――古代魔法とは、現在は使い手が極めて少ない、ほぼ失われた魔法のことらしい。

かつてこの世界には、空間魔法をはじめとして、誰でも使える強力な魔法が多く存在していた。しかしそのどれもが強力すぎたため、自らの権威が脅かされるという危機感を持った国のトップや有力者たちが封印に動き、現在ではほぼ失われたのだと言われている。

誰でも使え、つまり使い手が多いならば、そう簡単に魔法の存在を封印などできる気はしないのだが、結果として現在失われているということは、何かしらの方法で封印されたのだろう。

そんな古代魔法だが、稀にアカリのような使い手が現れて、復活するらしい。もっとも、その大半は弟子も取らず、その人物が死んだ時点でその古代魔法も再び失われてしまうようだが。

そんなことをずっと繰り返しているそうだ。

「僕も他人に教えるつもりはありませんでした。ただ、一方的に料理を教えてもらうだけでは自分の気持ちが晴れないので、お礼の代わりと言うのもなんですが、教えることにしたんです」

「それはありがたいが、いいのか？」

これまで他人に教えていなかったのに、いいのだろうか。

「はい。大丈夫です。まだ、昨日と今日しか師匠とは接していませんが、師匠がいい人なのは充分に伝わってきました。師匠たちなら、勝手に他の人に教えることはないと思ったんです。信じていいですよね？」

「まあ、そんなことはしないが」

信頼してもらえたのか、ありがたいことだ。

古代魔法は強力な魔法だとさっき聞いたばかり。教える人を間違えれば、とんでもないことになりかねない。

だからこそ、今までの古代魔法の使い手たちは、弟子を取ることをしなかったのだろうか……それともただ単に、その力と利益を独占したかったのだろうか。

「エリもルミも他人に教えないことは、俺が保証する」

「ありがとうございます」

「勝手に大変なことになってきているニャ……」

ルミは元冒険者だ。それがうちの店でホールスタッフとして働くことになっただけなのに、空間魔法を覚えるハメになるなんて、思ってもいなかったことだろう。いや、誰が想像できるだろうかこんなこと。

「それでは教えますね」

そう言って、アカリはオムレツに手をかざす。

その手の先の方に何かが集まるような感じがしていき、その後空間が歪んだ。と思った瞬間、手をかざしたところにあったオムレツが一瞬で消えていた。

「はい、これです」

アカリはドヤ顔でこちらを見てきた。

「いや、見せてもらっただけではわからないのだが……」

一瞬すぎて、何をやっていたのかまったくわからなかった。

そもそも魔法は、見ただけでは覚えるなんて不可能だ。

そんなことができたら、魔法使いは楽々とたくさんの魔法が使えるようになってしまう。

もし魔力を見ることができれば、見ただけで魔法の仕組みを理解して、その魔法を使えるようになるのかもしれないが、魔力を見るなんて聞いたこともない。目に見えないものを識別する手段がないからな。

不思議そうな表情を浮かべている俺たちを見たアカリが、声をかけてくる。

「説明が必要そうですね」

「ああ、頼む」

「えーとですね……まずは魔力を光のようにイメージします。そしたらその光を手の方に集めて、集まったらギュッと掴む」

ん？　今のが説明ってことか？　……あれ、これはやばいかも。

「ギュッと掴んだらグッと力を込めてダッと空間を歪ませる。後は入れたいものを認識するだけ。簡単でしょ？」

うん、簡単だ簡単だ……っていや、無理だ。

「シン様……」

「理解できニャいニャ」

アカリの説明を聞いたエリとルミが、助けを求めるような目でこちらを見てくる。言いたいことはわかる、俺も同じ気持ちだ。

「あの……アカリ。それではいまいちわからないのだが」

「そうですか？　僕なりにしっかりと教えたつもりでしたが……」

アカリが首をひねった。自覚はないだろうな……これで意味が通じていると思っている。

まあ、アカリは直感型の魔法使いだったということだな。

これはこちらの世界に来てからしばらくして、あらためて魔法について調べてわかったことなのだが、魔法使いには二つの種類がいる。アカリみたいな直感型と、エリみたいな理論型だ。

直感型は、魔法がどのように発動するのか、理由や仕組みといったものは全部無視。発動できればそれでよし。

理論型は、魔法がどのようにして発動するのか、どうして発動するのかを認識した上で発動する。

俺は性格的には、どちらかというと理論型だ。何故発動するのか理解しないと、魔法が使えないと思う。

魔法が存在しない、科学中心の世界から来たのだから、当然なのかもしれないな。

そもそも魔法とは、一人一人にＭＰの溜まっている器があって、そのＭＰを使って発動するものらしい。ＭＰの引き出し方や使い方も、人それぞれにクセや感覚があるはずなので、直感型の人間からすると説明も難しくなるのだろう。

ちなみに、創造召喚について、俺はその仕組みを理解していないのだが、この魔法は特別なようで、想像するだけで発動することができる。創造召喚のみ直感型、他の魔法は何がどのようにして発動するのか理解しないと、使用できない。

そう考えてみると、やはりアカリは直感型なのだろう。先ほどの説明を聞いた感じだと、おそらくだが魔法がどのように発動しているのか、あんまり認識していない。多少は認識しているようだが、それはあやふやなものだ。

そしてさっきも言った通り、魔法を教えることは、自分の感覚を重視する直感型の人間には向かないわけで……

「だから、手に光を集めて集まったらギュッと掴む。ギュッと掴んだらグッと力を込めてダッと空間を歪ませる。後は入れたいものを認識するだけ」

繰り返し説明してくれているが、まったくわからない。

手に光、魔力をそうイメージすると言っていたが、それを集めるところまではわかる。しかし問題はその後。擬音語が入ってくるあたりからは、まったく理解できない。

さて、どうしたものか。

「シン様、提案があります」

　エリが難しい顔をしている俺に近づいてきて、耳打ちする。密着するほど近いので、いい香りが……ゲフンゲフン。

「何だ？　何かあるのか？」

「はい。シン様は身体強化はもう慣れましたか？」

　身体強化。ＭＰを使って、身体能力を強化する技だ。

　以前ホーンラビットを狩りに行った時にエリから教わったのだが、それ以来、常に使うようにしている。全身を覆うように、ＭＰの薄い膜を張っているような感覚だ。最近では、意識しなくても発動したままにすることが可能になっていた。努力した甲斐があったな。

「もう既に使い慣れたが、それがどうした？」

「シン様はやっぱりすごいですね。さすが私の自慢の夫です」

　少しにやけてしまった。こちらも何か褒めた方がいいのだろうか。いやでも言葉にするのは恥ずかしいから、心の中だけで言っておこう。

　エリは可愛いし、自慢の妻だぞ。

「ありがとうございます」

「えっ、俺は何も言ってないぞ⁉」

エリが顔を赤らめながらお礼を言ってきた。これも勘なのか。でも冷静に考えると、勘とはいえ礼を言うほど確実に考えを読めるとか、ものすごい怖い。

「それでですね。提案というのは……」

俺のツッコミをスルーして話に戻るエリ。

別にいいけど。これからは心の中を読まれないように気をつければいいだけだ。自信はないが……

「目に強化を集中してみてはどうでしょうか？」

「目に集中？」

「そうです。私は部分しか強化できず、それも腕や足といった風に、大雑把な強化しかできません。一方でシン様は、常に全身を強化できるほど、身体強化を使い慣れているので、MPのコントロール能力がかなり高いはずです。それを利用して、目だけに集中して強化をしてみてはどうでしょうか？」

集中強化か……確かに、前に足だけに集中して強化した時、全体強化よりもより強い効果が出たことを思い出す。それに、耳に集中した時は、聴力が強化されたっけ。

目の強化をすることでアカリの魔力が見えれば、空間魔法の仕組みが見えるかもしれない、ということだ。

「なるほど」

「理解できましたか？」

「エリの言いたいことはわかった。試（ため）してみる価値はあるかもな。アカリ、今度は言葉にしなくていい。ただ、魔法を見せてくれ」

俺は目だけに身体強化を発動しながら、アカリに声をかける。

「わかりました、でも、それでうまくいくのでしょうか……？」

「やってみればわかる」

「それもそうですね。やってみます」

アカリは頷くと、再び空間魔法を発動する準備をする。

それに合わせて魔力を集中させた俺の視界はクリアになり、普段は見えない、魔力の流れのようなものまで見えるようになってきた。

「アカリ、今だ！」

「はい！」

俺の掛け声に合わせて、アカリが空間魔法を発動させ、オムレツが消える。

「こんな風になっていたのか……」

アカリが空間魔法を発動し終え、俺は呟いた。

空間魔法の仕組みを理解することができたからだ。オムレツがどうやって消えていたのかも、はっきりと見えた。

「シン様。何かわかりましたか？」

エリが心配そうに問いかけてくる。

「ああ、わかった。はっきりと理解した」

「すごいニャ〜」

「えっ？　本当ですか？」

俺の返事に対して、ルミとアカリが驚きの表情を浮かべた。

「どうして……さっきまではまったくわからないとおっしゃっていたのに」

そんなアカリの言葉に、俺は頷く。

そう、さっきまではまったく理解できていなかった。

「ああ、だが目を強化したことで、ＭＰが見えるようになった」

「ＭＰが見えた？」

アカリが困惑したようにそう呟く。

それもそのはず、ＭＰは本来見えるものではない。ＭＰは言い換えると魔力だ。

その魔力が見えるということは、どこにどんな魔法が発動するのかがわかるということだ。これは戦闘においては、致命的だろう。

さっきの場合は、無色ながらも空間が歪んでいるようなかたちで、魔力の流れが見えた。魔力をどのように使えば空間魔法が発動するのか、見ることができたのだ。

そして、もう一つの事実も発覚した。

「アカリ、空間魔法は誰しもが使えるものではない」

「使えます。僕にだってできるのです。他の人が使えないはずがありません」

俺の言葉に、アカリは強く反論してくる。

「いいや、使えない」

アカリの言っていた「ほとんどの人に使えるはず」という言葉を、俺は否定した。

そもそも、かつては誰しもが使えていた古代魔法だから、現在の俺たちでも使えるはず、という理由で納得したのが間違いだった。古代魔法については謎が多く、「誰しもが使えていた」ということさえ、推測でしかないのだ。

いや、古代魔法が本当に昔は誰しもに使えていたのかということは、この際どうでもいい。今の問題は、空間魔法は誰しもが使えるものではないという事実なのだ。

「魔力が見えたから断言できる。これはアカリみたいな特別な人にしか使えない魔法だ」

「僕は特別じゃありません。きっと見間違いです。そもそも師匠は魔力が見えたといいましたが、本当に見えているのですか？」

「もちろん見えた」

「それが信じられません」

なかなか俺の言うことを聞き入れないアカリ。せっかく教えているのに、根本的な部分から否定されて怒っているのだろう。

「アカリさん、それは言いすぎです。シン様が見えていないという根拠はあるのですか」

さすがに見かねたのか、エリが口を挟んでくる。

「それではエリさん。逆に、本当に師匠に魔力が見えているという根拠が、どこにあるんですか？」

エリの言葉にも怯まず言い返してくるアカリ。

彼女が言ってることはもっともだった。

MPが、魔力が見えた。そう言っているだけで証拠はなく、本当に見えていると証明もできない。口では何とでも言えるのだ、嘘つきにしか見えないのもしょうがないだろう。

さらにアカリは言葉を続ける。

「魔力は、魔法を使う時には絶対に欠かせないものです。体内にあるMPを、自分が使いたい魔力に変換し、それを外に打ち出す。魔力が見えるということは、その一部始終を見ることができるということですよね。もし本当に見えているなら、魔法使いとの戦闘では負けることはない。加えて魔法の適性があるなら、魔法がどのようにして発動するのか理解し、すぐにでも魔法を覚えることができてしまうでしょう」

そんなことはありえない、とでも言いたげなアカリに、エリはなおも食い下がる。

「シン様は見ることができるのです」

「ありえません」

「シン様」

自信満々に、アカリはきっぱりと言い切った。エリが不安げな表情で俺を見る。

アカリが説明したことは全部が正論で、反論する隙（すき）がなかった。

ＭＰを見ることができれば、魔法使いとの闘いの際に相手を無力化できることも確かだし、対象の魔法に適性があれば、その魔法を難（なん）なく覚えることも可能だろう。

そんなことがありえたら、世界最強を名乗ってもいいレベルだ。

だが事実として、俺は魔力の流れを見ることができていた。

現に……

「シン様、さすがです」

「できてるニャ〜。どういうことだニャ〜」

俺の前に置いてある料理が消える。そして出す。空間魔法が使えるようになっていた。

あっさりと空間魔法を使っている俺を、エリは尊敬のまなざしで、ルミは驚いた表情を浮かべて見ていた。

「やっぱり、誰でもできるじゃありませんか」

俺が空間魔法を使ったのを見て、アカリが勘違(かんちが)いをする。だが、実際はそうではないのだ。

「アカリ、そうじゃない。これは俺とアカリにしかできないんだ。何故ならば……この空間魔法は外の魔力を使っているからだ」

俺の告げた言葉に、三者三様の反応をする。

「外の……魔力？」

「そういうことですか、納得しました」

「どういうことニャ。説明をしてほしいニャ」

アカリは首を傾げ、エリは大きく頷き、ルミは興味津津(きょうみしんしん)な様子で説明を求めてくる。

どうやらエリだけは、俺が言ったことを理解したようだな。

実は結婚する時、エリには俺の秘密を全て話していた。

元はここではない世界で料理人をやっていて、何故か異世界へ来てしまったこと。創造召喚という、とんでもないチートな魔法を持っていること。そしてMPが無限にあるということ。

エリは多少驚いていたものの、すぐに受け入れてくれた。そしてその時、魔法に多少詳しい彼女と一緒に、自分のMPが何故無限なのか考えたのだ。

考えた末、一つの仮説が出てきた。それが、外の魔力を使っているのではないか？という説だ。

一般にMPは、体の中にあるものであって、体の外、つまり空中に魔力があるとは考えられていない。しかし俺の体内でMPが無限に生成されているとは考えにくく、それならば空中の魔力を使っているのではないか、と考えたわけだ。

とはいえ、空中に魔力があるかどうかなど、誰も検証したことがない。そのため、はっきりとした結論は出なかったのだが、今さっき魔力の流れが見えたことで、確信が持てた。

やはり、空中にも魔力は存在しているのだ。これで俺のMPが無限である理由がわかった。

そしてエリも、空中に魔力があるかもしれないという仮説を知っているので、さっきの俺の言葉にピンときたのだろう。

「そう、外の魔力だ。この世界には……」

俺はルミとアカリに、自分の秘密については伏せつつ、空中に魔力があるかもしれないという仮説を説明した。

「その仮説については理解しました。でも、それだけでは他の人ができない理由には……」

「さっきアカリ自身も言っていたが、魔力は普通見えないだろう？　それならば、どうやって外の魔力を使う？」

見えないものをどうにかしようとしても、できない。感覚を掴むしか方法はないのだ。

やはりアカリは腑に落ちないのか、質問をぶつけてきた。

「それじゃあ、どうして師匠はできるのですか？」

「それは言っただろ？　俺は魔力を見ることができたからだよ」

魔力を見ることができるのであれば、外の魔力を扱うことは難しくない。

アカリがやったようにすればできるのだ。

「身体強化で魔力が見えるようになったって言いましたね」

「そうだけど？」

「しかも、目に集中させて」

アカリが俺を見た。その目は何故か、キラキラと光っている。

「本当に……見えてたんだ……」

身体強化は、ＭＰの操作をすることで発動する。つまり、魔法使いの技量が最もわかりやすく見える部分だと言ってもいい。

ちなみに、どんなにＭＰが多くてその扱いに長けている人でも、全身に纏うのがやっとで、それもめったにいないそうだ。集中して強化するにしても、手や足といった大雑把なところまでしか強化することができないというのが、魔法使いの常識である。

しかし、身体強化を教えてくれたエリは、やり方は知っていても、その常識については知らなかったようだ。エリが知らないなら俺が知るはずもなく――

「天才だ」

アカリからそう言われても、いまいちピンとこなかった。

とにかく、これで空間魔法については解決したかな。

結局、使えるのは俺とアカリだけだ。しかしさすがのＭＰ無限、問題なく俺一人で全ての料理を入れることができた。ルミとアカリにはびっくりされたが、特に追及もしてこなかったので何も言わなかった。これにて万事解決である。

ちなみに、外の魔力を使っているアカリだが、ＭＰは無限ではないらしい。どうやら体内にＭＰを溜めておける器が関係しているらしく、外の魔力でも限られた量しか使うことができないようだ。

俺の場合はお構いなしみたいだが……その辺はおいおい検討だな。

アカリがこちらをじっと見つめている。それがあまりに真剣なまなざしで、少し怖かった。

僕は目を輝かせながら師匠を見た。

目だけにMPを集中させることのできる、魔力操作の技量。さらに僕以外に使える人のいなかった空間魔法を使って見せてくれた。そして何より、店で作る料理はどれも美味しかった。

天才。

そう言っても過言ではない。僕が師匠と出会ったのは運命だったのかもしれない。

そもそも僕がこの店に来たのは、ただの偶然だった。冒険者として、色々なところを見て回るのが僕の楽しみであり生きがいだ。

そんな旅の途中、料理の聖地であるこの街へとやってきた。この街には、たくさんの料理店が並ぶ。どこに行っても美味しそうな匂いが漂い、僕のお腹を刺激した。そして少し遅い昼食にしようと入ったのが、師匠の店だった。

中は見たことのない部屋のつくりだった。ホールから厨房が見えて、料理を作っているのが確認できた。空いている席に座り、しばらくすると水を持った店員さんがこちらに来る。

「いらっしゃいませ、メニュー表はこちらにありますのでご注文が決まりましたらお呼びください」

可愛い衣装を着た店員さんの耳には狐の耳が生えている。獣人族の中でも戦闘に特化している狐族が接客係として働いていることは驚きだった。

狐族の女性は軽く頭を下げると席から離れる。僕はテーブルに置いてあったメニュー表を開いた。

まず気になったのが、メニューの少なさだった。これから増やす予定なのか、メニュー表には空白が多く、わずかなメニューしか書いていない。しかし、その中には、知らない食材や料理名が書いてあり、どれを頼むか迷ってしまった。そんな中で僕は唯一知っている料理であるオムレツを注文することにした。

「すみません。注文お願いします」

「はーいニャ〜。ご注文は何ですかニャ?」

今度来たのは、猫耳が付いた獣人族。元気が取り柄という印象の女性だった。

「オムレツを一個お願いします」

「オムレツですニャ。パンかご飯を選べますがどうなさいますかニャ？」

「ご飯？」

「ご飯っていうのは、マイのことニャ」

猫耳の女性から、パンかマイを選べると言われて僕は驚いた。まさか、貴族がたまに口にするというマイがここで食べれるとは思っていなかった。迷いなくマイの方を選ぶ。

「ご飯でお願いします」

「了解ニャ。しばらくお待ちくださいニャ」

注文を聞いた猫耳の女性は、厨房に向かっていった。

僕は周りにいる人が食べている料理を確認する。アツアツの鉄板に載せられているステーキ。上には刻まれたタマクラしきものが、たくさんのっている。他には、いかにも辛そうな真っ赤な料理。この店にいるほとんどの客が美味しそうな顔で料理を食べており、皆マイを当たり前のように頼んでいた。周りを見ていると余計にお腹が空いてきた。それに、今から来るオムレツも他の店と違うものが出てきそうで期待も高まった。

「お待たせしました」

　しばらくすると、最初に接客に来た狐族の女性が料理を運んできた。目の前に置かれたのは綺麗に形が整ったオムレツ。見ただけでフワフワしているのがわかる。

「こちらがご飯になります。ごゆっくりどうぞ」

にこりとした女性は席から離れていき、僕はさっそく食べることにする。

色々な場所で色々な料理を食べてきた僕は、正直言ってかなり舌が肥えている。

「それでは、いただきます」

　周囲のお客さんが皆、食事の前に手を合わせているのは、この店のルールなのだろう。僕も真似をする。

　スプーンで掬って一口食べる。

「んん」

柔らかい食感に、濃厚な卵の風味。簡単な味付けなのにとても美味しい。何よりこのフワフワ感と、わざと火を通しきっていない半熟卵のとろーり感が、絶妙なバランスで美味しかった。空腹だったこともあり、あっという間に完食する。初めて食べたマイもオムレツとあっていた。

　僕はここまで美味しい料理を食べたのは初めてだった。何度も食べたことのあるはずのオムレツが違うものに感じられた。使っている卵も何の卵かわからないが、あの半熟にできる技術は素晴らしい。

僕はこの時すぐに、決断した。この店の料理長の弟子になると。

決断してからの僕の動きは早かった。オムレツを食べきると、この店の料理長と話をするために店員さんを探す。店の中には少数の客しかおらず、皆のんびりしている。店員さんはどこにも見当たらず、どうやら厨房に全員いるらしかった。仕方がなく、僕は厨房に向かい中に入った。

――こうして、弟子にしてもらうことができたというわけだ。

弟子になった後も驚きの連続だった。

知らない食材を多く使うレシピ。僕の知っているものと似ているのに、少し味が違う材料。調理の過程で使う、ナイフではなく包丁という道具。

全てが珍しく、僕にとってはとても新鮮で料理を作るのが楽しかった。和・洋・中と教えられ一番楽しかったのは中華の料理。豪快でパワフルな料理は、冒険者として活動していた僕にぴったりだった。

それに、師匠は料理だけではなく魔法も天才だった。

僕の使える空間魔法は、使い方を誤れば非常に危険な魔法となるが、師匠ならば大丈夫と思い、教えることにした。そしてその結果、コツさえ掴めば誰にでも使えると勝手に思っていた空間魔法の仕組みを、師匠は見抜き、さらに自分で使えるようにまでなったのだ。それも目にMPを集中させて、MPが見えるようにするという離れ業をやってのけて。

僕は魔法使いとして、空間魔法をレベル4まで上げた。レベル4の魔法の使い手は、世界に僕を入れて三人しかおらず、自分で言うのも何だが、僕はかなり上位の魔法使いだ。だが、師匠の才能を見てしまうと、自分はまだまだだと思ってしまう。そんな師匠のところにいれば料理がうまくなり、魔法も上達するはずだ。師匠は料理の師匠であるが、魔法使いの師匠にもなってもらいたいと思っている。

この規格外な師匠との出会いが運命ではなかったら、一体何だと言うのか……僕にはわからない。

6

アカリの修業の次の日、さっそくではあるが、彼女を入れた新体制で営業を始めた。

チャーハンをメニューに追加したところ、新しい料理だということで、常連客をはじめとして注文が殺到した。常日頃からお客様は新しい料理を求めていた、ということなのだろう。

「アカリ‼　チャーハンだ‼」

「チャーハンの注文が二つ入りました」

「もう一つ、チャーハン追加だニャ〜」

「はい‼」

アカリには今日、チャーハン作りを全て任せてあった。

作れるものが限られており、しかもまだ慣れていないこともあって、一つのものに集中してもらった方が効率がいいと考えたのだ。

ところが、予想以上に注文が多かったため、アカリはあたふたしながら作っていた。俺も俺で仕込みをしたり、他の料理を作ったりしている。

「はい、チャーハンできました」

「ありがとうございます。あと二つ注文が入ってます」

「はい」

アカリはずっとチャーハンを作り続けた。女性らしさのある小さな手で大きな中華鍋を振る姿は、とてもかっこいい。もう既に、立派な料理人に見えた。

　こうして、俺たちのレストランの一日は過ぎていく。


　夜になり、店を閉めて片付けに入る。

「お疲れ、アカリ。初めての仕事はどうだった?」

「とても疲れました……師匠は僕よりも多くの仕事をこなしているのに、あんまり疲れていないみたいですね」

「そりゃあ、経験の差だよ。慣れるまでは我慢だな」

　厨房内を二人で片付けながら雑談する。

　従業員同士のコミュニケーションは重要で、こういった仕事終わりの会話も必要なことだ。

　ちなみに、アカリも昨日から、この店の住宅部分に正式に住むことになった。これまでは冒険者として旅に出ていたらしく、決まった家も持たずに宿を取っていたようだ。

　せっかくうちで働くことになったのだし、宿からこの仕事場に通うのも大変だろうと思った俺は、もしよければと誘いかけ、ここに住んでもらうことにしたというわけだ。修業中なんだし、移動の時間ももったいないからな。

ふと今気づいたんだが、この仕事場って、俺以外全員女性じゃないか。しかも、一つ屋根の下で暮らしているわけで……これっていわゆる、ハーレム？

俺にはエリという最高の妻がいるので関係ないのだが、この世界はどうやら一夫多妻制らしい。以前エリとその話になった時は、仮に俺が他の女性と結婚しても、自分が正妻であれば問題ないと言われた。この世界の常識の一つらしいが、日本に住んでいた俺から見れば、やはり強い違和感のある考え方だな。

「よし、厨房の片付けは終わったな。エリたちが片付けをしている間に、晩ご飯を作るぞ」

「はい」

エリとルミには、店全体の掃除をしてもらっている。

店を清潔に保つのは、食中毒の原因になりうる菌など、病原体を運ばせないようにするためだ。この世界にもネズミだったりあの恐ろしい黒いアレだったりがいるかはわからないが、綺麗にしていて損はないだろう。というか異世界だし、見たこともない害虫がいてもおかしくないしな。

今まではそこまでしっかり手をかけられなかったのだが、人数が増えたおかげで、清掃に回す余裕が出てきた。

「さてと晩ご飯だが……中華料理にするか。アカリ、今回は俺が作るから、よく見ておいてくれ」

「はい、わかりました」

今日の営業でのアカリの様子を見た俺は、彼女には中華料理を中心に教えることに決めていた。

豪快に鍋を振る彼女の姿が立派で、中華が似合いそうだと判断したからだ。

「アカリには、これからは中華料理を主に教えることにする。その多くが、豪快に鍋を振ることが必要な料理だが、今日のチャーハンを作る姿を見て、アカリなら大丈夫だと判断した。しっかりと練習に励んでくれ」

「はい。師匠に習ったことをしっかりやっていきます」

ハキハキと返事をするアカリ。やる気は充分みたいだな。

「うん、それじゃあ作り始めようか。今日作る料理は、青椒肉絲だ」

青椒肉絲は、チャーハンと並ぶほどの人気を誇る、定番の中華料理だ。名前に入っている「絲」という字は細切りを意味しており、野菜と肉を切って一緒に炒めたものだ。

炒めるだけという簡単な料理であり、切り方さえしっかり「絲」にしていれば、綺麗に作ることができる。

「じゃあ、俺は材料を倉庫から取ってくる」

「師匠、一緒に行きます」

気を遣ったのか、アカリもついてこようとする。

「一人で大丈夫だから、アカリはこの後使う皿の準備や、今日やったことの復習をしておいてくれ」

「わかりました」

そう言うと、アカリはあっさりと引き下がってくれた。

アカリには申しわけないとは思うのだが、ついてこられたら困るのだ。何せ、倉庫には何も入っていないのだから。

倉庫のカギは俺しか持っていないので勝手に開けられる心配はないとはいえ、ついてこられたらさすがに創造召喚のことがバレてしまうので、今後も注意が必要だな。

倉庫に着いたら鍵を開けて中に入る。しっかりとドアを閉めてから、創造召喚を発動し、今回作る青椒肉絲の具材を取り寄せる。全部持って出て、倉庫の鍵をしっかりと閉めた。

毎回こうやってコソコソと食材を持ってくるのは面倒だが、しょうがないことだな。

アカリやルミのことを信頼していないわけではないのだが、やはり創造召喚のことがバレるのは避けたい。使い方次第では、世界にとって脅威になりかねない魔法なのだ。

厨房に戻ると、既に皿の準備ができていて、準備は万端だった。

さあ、作るとしますかね。

まずは切る作業から入る。全て「絲」に切っていくのだが、いくつか注意点があるので、そこを説明しながら切っていくとしよう。

最初は肉から。今回使うのは牛肉。焼肉用のロース肉を用意した。これを五ミリほどの厚さに切る。この時、繊維に沿って切ることで、しっかりと歯ごたえのある肉に仕上がるのだ。

次にピーマン。こちらは牛肉とは違い、繊維を断つようにして切る。ピーマンは、繊維に沿って切るとシャキシャキ感が残り、繊維を断つと柔らかくなるという性質を持っている。そう考えると、繊維に沿って切った方が食感がよさそうに思えるが、繊維を断つことによって、潰れた断面からピーマン特有の味が出てくるのだ。今回は食感よりもピーマンの味を出したいため、繊維を断つことにする。

続いては、タケノコ。これは繊維に沿って切る。自分で下茹でしたものを使っても良いが、今回は時間と手間の都合上、水煮として売っているものを持ってきた。手抜きではなく、時短テクだ。

後はショウガとネギをみじん切りにして、切る作業は終わりである。

次に、切った肉に下味をつけていく。塩・胡椒・醤油（しょうゆ）・溶いた卵を入れて、肉によく吸わせるようになじませる。卵を入れない方法もあるが、このタイミングで入れておくことで、次に入れる片栗粉がしっかりと肉につき、油を閉じ込め、肉が柔らかく仕上がるのだ。

下味の調味料がなじんできたところで、片栗粉を入れ、最後に油を少し入れておく。

続いては、炒める時に使う調味料の準備だ。砂糖・酒・胡椒・醤油・ウスターソース・湯（タン）（スープ）を混ぜ合わせておく。

ここまできたら、後は火の作業だけだ。

まずは中華鍋に油を入れて、いつもの通りなじませてから油を切る。

そこに大体お玉三杯分の油を入れて火にかけ、温まったらタケノコを入れて炒め、続いて肉を入れる。油の量的に、焼くというより少し揚げる（あ）感じになるだろうか。肉の色が変わったらピーマンを入れてさっと炒め、一度火から離して具材を取り出し、鍋の油を切る。

油を切った中華鍋にショウガ・ネギを入れて炒め、香りが出たら肉などの具材を戻し入れ、作っておいた合わせ調味料を入れて絡（から）めていく。充分に絡んだら、とろみをつけるために水溶き（みずと）片栗粉を入れ、最後にごま油で風味をつけて完成だ。

火の作業に入ってからは、スピード感とテンポが大事になってくる。今回はかなり手早く作ったが、アカリはメモをしっかりと取っていた。現在も書いているところだ。

「美味しそうな匂いだニャ」

「シン様。掃除が終わりました」

匂いにつられてルミとエリが厨房に入ってきた。

「何かニャ、この料理は。いつも思うけど、店長の作る料理は知らない料理が多いだニャ」

「俺の街の料理だからだな。どこにあるかわからないけど」

「ごめんだニャ。嫌なことを思い出させてしまったかニャ」

実は俺は、街の皆には記憶喪失という設定で通している。異世界からやってきたという秘密を漏らさないためについた嘘だ。

この世界の常識的なことを知らない割には、料理はしっかり覚えている、というなんとも不思議な状況になっているが、街の皆は受け入れてくれている。

ルミはその記憶喪失の件を知っているので、過去の話で俺を辛い気持ちにさせたと思ったのか、謝ってきた。

「いや、心配するな。今は今で楽しいからな。それに……」

「……」

俺はルミに言葉を返しつつ、エリの方を見る。すると、エリと視線が重なった。エリは俺が何を言いたいのかわかったのだろう、頬が赤くなっていた。

「アツアツだニャ」

「どういうことですか?」

メモを書き終えたアカリが、ルミに問いかける。ルミはアカリに、俺たちがどのようにして結婚するにまで至ったのかを詳しく教え……ちょっ、待て!! 何でそんなに詳しいところまで勝手に教えているんだよ!! プライバシーも何もないじゃないか。

「そうだったんですか……アツアツですね」

「ああ、もう」

にやにやした笑顔で言われて、少しイラついた。

悪気がないことはわかるが、新婚がいちゃいちゃしていて何が悪い。いいだろイチャイチャしてても。もういっそのこと開き直ってやる。

「そうだ。俺はエリと新婚ほやほやだ。アツアツで何が悪い」

グッとエリを引き寄せ、抱きしめる。

「ほわわわわわ」

エリは変な声を出しながら、顔全体が茹でダコ状態になっていた。

「新婚は誰でもアツアツでラブラブなんだ。いつキスをしてもいい」

「キ、キス……プシュー」

「そう、このように」

「店長、エリは気絶したニャ」

俺の言葉に限界がきたのか、エリはこちらに体を寄せて気絶していた。

キスをすると言葉にしただけでこれだ。一度、ちゃんとキスしているはずなんだけどな……

こういう新婚さんの形もアリなのだろうか。さすがに初心すぎるか？

「まあ、とりあえず食べる準備をするか」

せっかく作った料理が冷めてしまうので、席の方へ移って食べることにした。皿や料理を運ぶのはルミとアカリに任せて、俺は気絶してしまったエリを運ぶことにする。抱えて運ぶ以外にないので、どう抱えるかと試行錯誤し……

「これが一番楽……なのか？」

お姫様抱っこをすることになるのだった。

その状態を見たルミとアカリがにやりと笑ったが、無視する。いちいち反応してからかわれていたら、たまったもんじゃない。

でも、もしこの状態でエリが起きたらどうしようか。とりあえず下ろして自分で歩いて

もらうとして……てか、もう一度気絶したりしてな。ってそんなわけないか。

「んん」

おっ、エリが気づいたみたいだ。頭が軽くパンクしただけだったためか、案外すぐに目を覚ましたな。

「ここは……」

「おはよう、エリ」

にこやかに笑う。ここが重要。

気絶している相手をお姫様抱っこしているなんて、普通に考えたらヤバすぎだ。現状に気づかれないようにするため、意識をこちらに誘導（ゆうどう）する。

「どうして、シン様の顔が近くに……それに今の状態は……」

とはいえこの状態、自分がどうなっているかなんてすぐ気づくに決まっている。誘導むなしく簡単に見つかってしまった。となると……

「お姫様抱っこ……プシュー」

予想通りと言うべきか、二度目の気絶をするのだった。

……早く晩ご飯が食べたい。

それからおよそ一時間後、ようやくエリが目を覚ました。

さっきのことを思い出しているのか、顔が真っ赤だ。それを見ていた俺も、なんだか恥ずかしくなって、顔が熱くなった。慣れないことをするものではないな。

「目が覚めたなら早く食べるニャ」

エリが気絶したせいでお預け状態だったルミが言う。

俺の作った青椒肉絲は、冷めないように空間魔法で別空間に収納していたのだが、ルミはエリが起きるのを今か今かと待ちわび、すっかりお腹が空いているようだった。実のところ、俺も我慢の限界が近かった。

「ごめんなさい、ルミ。すぐに食べましょう」

「そうだニャ。食べるニャ」

謝ったエリは、積まれた皿を分けて準備をする。

別空間から取り出した青椒肉絲は、テーブルの中央、全員が取りやすい位置に置く。

それとは別に、昨日残ったオムレツやらチャーハンやらも取り出して並べた。

こういう時、空間魔法は本当に便利だな。青椒肉絲が、できたてのようにアツアツだ。

「それでは手を合わせて」

俺の言葉に、全員が手を合わせる。アカリも戸惑うことなく手を合わせていた。

今日の朝食の時、合掌のことは教えたのだが、アカリは食事の前の合掌を知っていた。正確に言えば、この店では料理を食べる時は合掌する、というのが暗黙のルールになっているらしく、来店した時にやったことがあるとのことだった。周りの人もやっているので、自分もやらなくてはいけないと思ってしまうようだ。

「いただきます」

「「いただきます（ニャ）」」

まずは青椒肉絲を一口食べる。ソースが絡んで味が濃く、ピーマン特有の苦みもあっていい感じだ。ピーマンの苦みを出したくない時は、繊維に沿った切り方にすれば、シャキシャキの食感を楽しめるだろう。

「美味しいニャ」

「師匠はさすがです。僕も頑張らなくちゃ」

「シン様、美味しいです」

各々感想を述べてくれる。まあ、言葉で聞くまでもなく、にこにこしている顔を見れば伝わってくる。

「ちゃんと野菜も食べろよ」

いつものサラダセットと同じように、俺たちのご飯でもサラダを出すようにしていた。

ドレッシングも地球から持ってきているので、アカリにしてみれば新鮮な感じだろう。

エリはもうすっかり慣れており、お気に入りのドレッシングをかけている。定番の胡麻ドレッシングだな。ルミはまだお気に入りを決めきれず、色々な種類のドレッシングを一日ずつ替えながら食べている。今日はどうやらしそドレッシングらしい。一方、アカリはたくさんの種類の中から一つを決めきれず、手があっちにいったりこっちにいったりしている。迷った末、今回は玉ねぎドレッシングにした。

ん？ 俺か？ 俺はシーザードレッシング。これ一択だ。美味しいじゃないか、シーザードレッシング。何故かお客さんには人気ないみたいだけどな。

サラダセットもかなりの売れ筋になっていて、あらためて考えてみたら、中々メニューも立派になってきたような気がする。

チャーハンをメニューに加えたばかりではあるが、料理はもう少し増やしたいな……それに何より、モンフルヨーグルトに続く、異世界の食材を使った料理を作ってみたいと思う。アカリが言っていたムーンベアーが気になってもいる。

よし、今後の方針が決まったな。

モンフルヨーグルトに続く、異世界の食材を使ったメニューの開発だ。

次の休みになったら、とりあえず考えてみることにしよう。

そんなことを考えているうちに、どうやら全員食べ終わったみたいだな。美味しかった。満腹満腹。

「それじゃあ」

さっと手を合わせ、声をあげる。

「ごちそうさまでした」

「「「ごちそうさまでした（ニャ）」」」

今日も一日が終わる。

7

本日も店は大繁盛。

お昼頃になると、たくさんのお客様が店の前に並ぶ。初めの頃は、騎士団長のルイスが連れてきた兵士ばかりだったのだが、今では女性の姿も多い。サラダセットを取り入れて以来、女性客は増える一方だ。

さてさて、今後の方針を決めてから一週間近く経ったものの、俺は新メニュー開発に一切手を付けられていなかった。

新しい料理を作るということは難しいのだ。まあ俺の場合は、自分が知っている料理を異世界でどう応用するのかを考えるだけだから、比較的簡単なのだが。

とはいえ、今は店を回すだけで結構大変だ。新メニューの開発に時間をかける余裕がない。

そんなことを考えていた仕事終わり、片付けの途中で、エリが声をあげた。

「あれ、そういえば……」

「うん？　どうしたんだ、エリ？」

「あ、シン様。少し気になったのですが……」

その時、俺とエリは、一緒に食器を洗っていた。俺が洗ってエリが拭く。もう何回もやってきていることなので息はぴったりで、作業スピードは当初よりはるかに上がっている。

何か問題でもあったのかと、エリに聞いてみる。

「どうして、料理を作り置きしておいて空間魔法で保管しないのですか？」

「……‼」

その言葉を聞いた俺は、なんとも言えない表情になっていたと思う。

完全に忘れていた。いや、何故今まで思い出さなかったと自分を問い詰めたい。

そもそも今だって、空間魔法を使って晩ご飯の時に温かい料理を出しているではないか。なんで営業中にやってなかったんだ？

こ、これは恥ずかしいぞ……バカ丸出しじゃないか。

……よし、俺は気づいていた。そういうことにしたい、そういうことにしよう。気づいていなかったことを知られたくない。

「シン様？」

「うん、それはアカリの修業のためだ。そんなことをして楽していたら、ちゃんと料理を覚えることができないだろう」

おお、自分を褒めたい。とっさにそれっぽい嘘がつけたぞ。

創造召喚のことや日本から来たことを隠すためにずっと嘘をついてきたことで、嘘をつくスキルが上がっているのかもしれないな。

でも、そんなスキルいらないな。使える時が限られるし、そもそも人として終わってそうじゃないか。

「確かにそうですね……でも、作り置きの分もアカリさんに作らせればよろしいのでは？」

「毎日料理を作らないと技術は磨かれない。お客様のオーダーに合わせて、素早くかつ丁寧に作ることに意味があるんだ。長年、何回も行うからこそ上達するんだ」

ペラペラペラペラと嘘がつけてしまう。やばい、本当に嘘をつくスキルが開花している
のかもしれない。ステータスの確認……うん、ないな。

そんなあせっている俺に気づかず、エリはうんうんと頷いていた。

「なるほど、それなら納得しました。シン様はアカリさんの技術向上のために、毎日作らせているのですね」

「そういうことだな」

どうやら納得してくれたようだ。

これでまた嘘が増えたな……小さな嘘だからよしとしよう。

「師匠。テーブル拭き終わりました」

「終わったニャ」

テーブルを拭きにいっていたアカリとルミが、厨房に戻ってきた。

「お疲れ。こっちも終わるから休んでていいよ」

「言葉に甘えるニャ、晩ご飯ができたら呼んでニャ」

「師匠、晩ご飯はどうしますか?」

ルミはすぐに自分の部屋に行き、アカリは何か手伝いをしようと晩ご飯のことについて

聞いてくる。なんともまあ、対照的な二人だ。性格が見えてくるものだ。

「晩ご飯は俺が作るから大丈夫だよ。アカリは慣れない仕事で疲れただろう。明日は休みだ。ゆっくり休め。休むことも仕事の一環だからな。晩ご飯ができたら、呼びにいくよ」

体調管理も、仕事をする上で大切なことだ。

アカリは冒険者として旅をしていたから、そのことはよくわかっているだろう。危険な仕事も多い以上、体調管理ができなければ命を落とす可能性だってあるのだ。何より、アカリは世界で三人しかいないレベル4の魔法が使える冒険者だからな。

「わかりました。そうします」

俺の言葉に頷いたアカリは、自分の部屋へ戻っていった。

これでまた、エリと二人きりだ。

「シン様。明日のお休みのご予定は？」

食器を片付け終えたエリが、自分の手をタオルで拭きながら言ってきた。明日の予定か……何も考えていなかった。いや、方針は決まっているので、やろうと思えばやらなくてはいけないことがたくさんあるな。

「明日は南の森に行ってくるよ」

「森ですか？　また、モンスターフルーツでしょうか？」

「それもある。在庫もだいぶ減っちゃったし、空間魔法もせっかく覚えたことだから、いっぱい採ってこようと思ってね」

「私もついていっても大丈夫でしょうか？」

「うーん。いいけど、他の用事もあるよ」

「他の用事とは？」

先週決めた今後の方針と、森という組み合わせだ。エリもなんとなく察しがついているんじゃなかろうか。

俺はエリに向かって堂々と言い放った。

「ムーンベアーを狩ろうと思っているんだ」

さあ、明日は楽しい狩りだな。

8

俺たちは今、森の中にいる。

街から出た俺たちは、昨日の宣言通り、モンスターフルーツが採取できる場所、すわなち森の奥にあるトレントの群生地に一直線に向かっていた。

　俺の隣にはエリがいるのだが……何故かアカリもついてきていた。

「どうして、アカリがついてきているんだ？」

「弟子だからですよ」

　何度聞いてもその一点張りだ。だいたい、弟子と言っても料理の弟子だ。今の状況では意味が通らないのだが、そう言っても頑として譲らない。プラス、エリが少し不機嫌なようで……

「エリはどうして不機嫌なんですか？」

「自分の胸に聞いてください」

　アカリの言葉に、にべもなく答えるエリ。

　なんともまあ、休みなのに休めていない感が半端ないな。

　ちなみにルミは未だに家で爆睡中。起きたら出かけると言っていたので放置している。

　給料も渡してあるので、何か買うつもりなのだろうか。

「師匠。全然モンスターと会いませんね。この森はモンスターの巣窟とも言われているはずなのですが」

「うん……まあね」

それもそのはずだ。何故ならば現在、MPを使った威圧技である殺気(さつき)を、俺が周囲に放っているからだ。その段階は三段階目で、雑魚(ざこ)ならば逃げ出してしまうほどの威力を持つ。

もちろん、エリとアカリには殺気を向けないように調節している。

アカリは、俺が殺気を放っていることに気づいていないようだが、モンスターが出てこないことに疑問を持っている様子だ。エリは何度か俺と一緒に山に入っているので、あまり気にしていない様子だった。

モンスターフルーツを採り終わったら、この殺気も解除(かいじょ)して、ムーンベアーを狩る予定だ。モンスターフルーツを採りに行く途中でモンスターと戦って体力を使いたくないので、殺気を使っているというわけだ。

せっかく冒険者らしいことをやっているので、ステータスの確認をしてみようと思う。

いろいろとレベルが上がって、スキルも増えているはずだしね。

というわけで、まずは俺のステータスから見ていこう。

レベル30

HP600　MP無限

攻撃２００　防御１８０　素早さ１５０

〈魔法〉

創造召喚

空間魔法レベル２

炎魔法レベル１

空間魔法と炎魔法が増えてるな。レベルも上がって、ステータスの方もまずまず上昇している。

以前エリを誘拐(ゆうかい)した盗賊を倒したことで、レベルアップしたようだ。

炎魔法の方は、空間魔法を覚えた後、ヒマな時間を見つけてエリから教わった。いや、俺の場合は見ただけで覚えた。空間魔法の時のように、エリが魔法を放ち、その魔力の流れを見て習得したのだ。

本当に便利だな、身体強化を目にするやつ。なんだかこの言い方は言いにくいから、魔力眼(まりょくがん)と名付けよう。

レベル30

HP ６００　MP 無限
攻撃 ２００　防御 １８０　素早さ １５０
〈魔法〉
創造召喚
空間魔法レベル２
炎魔法レベル１
魔力眼

とか思っていたら、さっそくステータスに反映された。名前もそのままだ。仕組みがいまいちわからない。ゲームに近いシステムになっているのだろうか。

レベル28
HP ６５０　MP ４６０
攻撃 ２６０　防御 ２８０　素早さ ２８０
〈魔法〉
炎魔法レベル２

回復魔法レベル2

こっちがエリのステータス。レベルは以前見た時からはあんまり上がっていないが、ステータスは軒並み上がっていた。俺の方がレベル高いのに、ステータスは圧倒的な差があるな。種族としてのステータス上昇補正がすごいということだろう。人間族とは違って獣人族は身体能力が高いのでしょうがない。
ちなみにMPについてだが、エリ曰くこのMPでは少ない方なのだそうだ。前衛タイプということだろうか。自分が無限だから、他人のMPが多いか少ないか、比べようがないのが難点だな。こんな時はアカリと比べればいいのだろう。

レベル56
HP 550　MP 2350
攻撃 420　防御 340　素早さ 300
〈魔法〉
空間魔法レベル4

これがアカリのステータス。異常な強さだ。レベルも50を超えているし、MPも四桁、しかも2000超えをしている。HPはかなり少なく、20以上レベルが離れている俺や、レベルが半分しかないはずのエリよりも低い。アカリは典型的な後衛タイプなので、このようなステータスになっているのだろう。魔法はというと、本人が言っていた通り、空間魔法のみしかなかった。レベルはもちろん4だな。

しかしこうやってあらためてステータスを確認すると、即席とはいえ案外しっかりとしたパーティになっているな。前衛のエリがいて、どちらもこなせる俺、そして後衛のアカリ。なかなかバランスいいじゃないか。

これならもし予想外のモンスターが出て来ても、対処できそうだな。連携が少し心配だが、どうにかなりそうな気もしている。レストラン営業で鍛えたチームワークがあれば、大丈夫だろう。

とまあ、確認しているうちにモンスターフルーツを収穫する場所に着いた。俺は周囲に向ける殺気の段階を一番低くして、木のモンスターであるトレントに近づいていく。彼らに生っているリンゴのような見た目の果実が、モンスターフルーツだ。

俺は慎重に近づき、果実を収穫する。

もらってばかりでは申しわけないので、地球から創造召喚で持ってきていた天然水をかけてあげることにした。

「ザワザワ」

木々のざわめきを聞く限り、どうやら喜んでくれているようだ。

初めて来た時は、俺の殺気にやられてダウンしていたトレントたちだったが、今では友好関係を結べそうだ。

おっと、勘違いをしないでくれよ、一方的な関係ではない。俺は果実をもらい、彼らには美味しい水をあげる。これぞまさに五分五分の関係だ。

しかし、モンスターと友好関係が結べるとは……嬉しい誤算だ。他のモンスターとも、こういった関係を築けるかもしれない。試す価値は充分にあるだろうな。

そうして収穫を終えた俺は、鞄いっぱいのモンスターフルーツを空間魔法で別空間に移す。別空間に収納したため、手荷物が増えることもなく、見た目は来た時と何一つ変わらなかった。

やっぱり空間魔法は便利すぎるな……これさえあれば、運搬系の仕事をしても、かなり儲かりそうだ。やらないけど。

ということで、モンスターフルーツの回収は完了だな。

さあ、これからは狩りの時間だ！

9

さっそくムーンベアーを探しに、動き始めることにした俺たち。

「シン様。どちらに行きますか？」

「モンスターを討伐するんですよね。僕は楽しみです」

エリもアカリも、やる気は充分みたいだな。

アカリはハイレベル冒険者の余裕を見せていた。そのため、どこか楽しんでいる節があるように見えた。俺の方が冒険者として格下だが、こういう意識は危険なので注意をすることにする。

「楽しみにするな。命がけの討伐だぞ。エリ、行き先は決まっているから、ついてくれば大丈夫だ」

「師匠の力なら問題ないと思いますが？　僕もいますし……」

「油断は隙を生んでしまうからな……このようにな‼」

アカリの真後ろから、隠れて機を窺っていたモンスターが襲いかかってきた。

長い舌を伸ばし飛び掛かってくるトカゲ。俺は瞬時に、トカゲのみを対象にして段階を4に設定した殺気を向ける。トカゲは飛び掛かってきた姿勢のまま気絶し、アカリが避けたことでそのまま地面に転がった。

「アカリ、大丈夫か？」

「大丈夫です。すみません、油断してました。こいつはマヒトカゲか……一撃を受ければ動けなくなるほどの毒を舌に持っているモンスターですね。師匠、助かりました」

「ああ、いつ何があるかわからないからな。気を引き締めていけ」

いつもなら、殺気によってモンスターは近づいてこないのだが、周囲に向ける殺気のレベルを一番低くしていたから襲いかかってきたのだろう。

殺気が強すぎるとトレントを脅してしまうことになるし、ムーンベアーだって警戒して近づいてこないかもしれないので、殺気のレベルを下げているのだ。

それならそもそも殺気を使わなくてもいいのではという話だが、実は俺の殺気が、ソナーのような機能を持っていることに最近気づいたのだ。これは、殺気を飛ばした範囲内に何がいるのか、感覚的にわかるようになるという優れものだ。それがどんなモンスターなのかまではわからないが、ともかく探知に使えることは間違いない。この機能を使えば、不意打ちに対する備えは完璧、というわけである。

「こっちだな」

マヒトカゲをそのまま空間魔法で保管して、モンスターの反応があった方に歩いていく。行き先は決まっているとは言ったが、正確には、殺気に引っかかった反応がある方向に行くだけという、なんとも行き当たりばったりの作戦だ。

どんどんモンスターの反応に近づいていく。他のモンスターも殺気のセンサーにひっかかるが、何もしてこないようならそのまま放置。とにかく最初に狙(ねら)いを定めた相手に向かって、周囲を気にしながら近づいていく。

エリたちも音を立てないように慎重に慎重についてくる。いつでも殺気は出せるようにしておくが、できれば殺気に頼らずに勝利したい。

俺は殺気を覚えてからというもの、戦闘で殺気に頼りがちになっていることを自覚していた。そのため、この前のエリをさらった盗賊(とうぞく)たちのように、殺気があまり有効でない相手と戦うことになると、どうしてもやりにくくなってしまう。

それに、人間でもある程度殺気に耐えることができるのだから、同じように殺気に耐えられるモンスターがいてもおかしくないのだ。もしそんなモンスターに出くわしてしまったらと考えると、少しでも殺気に頼らない戦闘に慣れておいた方がいい。

さて、先ほどから狙っているモンスターの元にようやく近づいてきたので、肉眼で相手の姿を確認する。

半透明で不定形の、ぷにぷにしたモンスター……そう、スライムである。そして目の前にいるのは、ハイスライムという、スライムの上位個体だ。

たかがスライムと侮るなかれ、このハイスライムは、そこらのモンスターより強いのだ。以前、俺が依頼を受けて討伐しに行ったリザードマンというモンスターがいた。そいつ単体の討伐クエストのランクは、Eランク。ボスのいる集団の討伐だと、Aランクだった。

それに対してこのハイスライムの討伐ランクは、なんとDランクなのだ。ちなみに集団討伐になるとBランク。ボスのいるリザードマンの集団討伐に比べてランクが低いのは、リザードマンはボスがいることで連携をとって強くなるためだ。

見た目からは想像できないランクの高さを誇るハイスライム。雑魚敵のイメージが強いかもしれないが、なかなか強いのだ。

では、どうしてDランクとして扱われるほどハイスライムが強いのか。

理由の一つは、その構造だ。スライムには目も鼻もなく、内臓らしき器官も見当たらないため、触覚か何かを頼りに動いていると言われている。つまり、ぱっと見てわかる急所らしき急所がないわけだ。

加えてもう一つの理由として、その体質が挙げられる。これがまた厄介で、ぷにぷにしているせいで、どんな攻撃も体内に埋まるか、そのまますり抜けてしまう。つまり、ハイスライムには物理攻撃がきかないということだ。さらに、体内に呑み込まれると、酸性の体液によって消化されてしまう。

これらの理由から、戦士だけでは決して討伐できないモンスターということで、Dランクとして扱われているわけである。

では無敵なのかと言うと、もちろんそうではない。

魔法を使って倒せばいいのだ。物理攻撃に強い分、魔法攻撃には弱いらしい。

となると俺の場合は、覚えたての炎魔法を使えばいいわけだな。エリたちには手出しをしないように言ってあるので、存分に練習ができる。

「シン様、頑張ってください」

「僕も応援してます！」

そう言って、エリたちが応援してくれる。

俺は別にこれが初めてのモンスター討伐ってわけでもないし、あらためてこうやって応援されると小っ恥ずかしく感じてしまうな。とはいえやる気を失ったわけではないし、せっかく応援してくれているんだから頑張ろう。

気持ちを切り替えて掌に魔力を集中させると、ピンポン球ぐらいの小さい火の玉が出てきた。レベル1ならこんなものだろう。
ハイスライムはまだこちらに気づいていない……気づいていないよな？　目がないから
わからない。だが考えてみれば、気づいているか気づいていないかは問題ではないのだ。
どちらでも結局、火の玉を投げることになるからな。
相手に狙いを定める。当たるかな、避けられないかな、というか威力的にこれでいいの
か不安になってきた。
そうだ、身体強化すればいいんだ。そうすれば球速が上がるし、避けられる心配も、威
力が足りなくなる心配もない。そう考えた俺は、火の玉を浮かび上がらせている腕に身体
強化をかける。これで当たれば問題ない。
「よし‼」
俺は呟くと同時に、ハイスライムに向かって思いっきり火の玉を投げつけた。火の玉は
まっすぐにハイスライムへと向かって飛んでいく。スピードも上々、問題なく当たるだ
ろう。
プルンッ。
こちらに気づいたのか、ハイスライムが揺れた。しかし時既に遅し、目の前に迫ってい
た火の玉が容赦なくブチ当たって、ハイスライムは炎上する……と思いきや、火の玉は敵

を貫通して向こう側まで飛んで行った。

「……」

貫通した火の玉は奥の木に当たり、そのままなぎ倒して炎上させる。俺はただ呆然と、倒れていく木を見ることしかできなかった。ハイスライムの方はといえば、穴が開いた状態でピクリとも動かなくなっていた。結果はよかったんだが……

「何をしているんですか⁉　シン様‼」

「燃えちゃってますよ、師匠。どうしましょう」

エリとアカリの焦り声に、俺はハッと我に返る。

大変な事態が起こってしまった。こうしている間にも火はどんどん強くなり、他の木にも燃え移る。このままでは森が焼けてしまう。森林火災だ。

「どうしよう。まさか、貫通するとは思わなかったんだよ」

「そんなことは後でいいです。シン様、今すぐ火を消してください」

「消す手段がない」

「ちゃんと真面目に考えてください」

そう言われても、いい案がぱっとは思い付かない。何か方法はないのか。

「アカリ、何かないか？」

「すみません。僕の空間魔法ではどうしようもないです。できることがあるとすれば、僕たちを別のところに転移させるくらいしか……」

「それは最終手段だな」

逃げるのは最後だ。このまま放置すれば被害は広がる一方だし、責任も取らずに去ってしまうのはよろしくない。

そもそもなんで俺は森の中で火の魔法を使ったんだ。敵にちゃんと当てるから大丈夫という甘い判断がこんな事態を招(まね)いてしまったのか。

あまりの非常事態に混乱してしまうが、とりあえず反省は後だ。今はこの火事をどうにかしないと。

俺が水魔法を使えれば良かったのだが、まだ水魔法を見たことすらないので、どうしようもない。エリも無理、アカリも無理。俺も無理。あれ、これ詰んでない?

そうやって悩んでいる間にも、火事はどんどん広がっていく。

「シン様‼」

「師匠‼」

エリとアカリが俺に不安げな顔を向ける。やばいな、どうしたものか……何か方法は……ここまで燃え広がってしまうと、大量の水が必要になる。水……水……水……

「あ、あるじゃん。大量の水」

一つだけ方法を思いついた。しかし、これには大きな決断をしなくてはいけない。

「アカリにバレるか……」

思わず、独り言がこぼれた。

俺が考えついた方法は、いたってシンプルだ。創造召喚を使って、地球の水をこっちに持ってくるというものだ。出す場所は調節できるので、火を消すことは簡単だ。

ただし、空間魔法を習得してから海や湖に行っていないため、仮に水を出せても、空間魔法で出した水ではないとアカリにバレてしまうだろう。そうなると、どうやって出したかという話になり、俺の抱えている秘密を話すことになってしまう。これは今後にかかわることだ。

そう考えている間にも火はどんどん強くなる。早くしないと被害は拡大していく。決断を迷っている時間はなかった。

「アカリ」

「何でしょうか？　師匠」

「シン様」

俺が何をするのか察したのか、エリがこちらを見た。俺はエリに向かって黙って頷いて、大丈夫だと伝える。エリも頷いてくれた。

「今からやることは、誰にも言わないでくれ。約束できるか？」

「……わかりました」

俺の真剣さが伝わったのか、アカリは頷いた。ただの口約束だが、これは信じるしかない。

俺は手を宙に向け、魔力を練り上げていく。

「創造召喚‼」

そのかけ声とともに、膨大な魔力を消費したのがわかった。まあ、俺の中ではちっぽけな消費だが。それでもその魔力の量を感じたアカリは、驚きの表情を浮かべた。

それと同時に、木の上に魔法陣が展開。その魔法陣から大量の海水が流れ落ちた。火が一瞬にして消えていく。加減を考えずに思いっきり召喚したため、火に対して水の量が多かったようで、すぐに鎮火した。

「この魔法は……」

アカリが呆然とした様子で俺を見る。そうなるよな。わかっていたがもう秘密にできない。全てを教えることにしよう。

「俺は、エリやアカリが生まれたこの世界とは違う世界から来た」

森の開けたところを探してそこに腰を下ろし、俺はアカリに言った。

エリには既に話していることなので、そばで黙って聞いている。

「噂になってた、勇者召喚で召喚されたってことですか？」

「勇者ではない。いつの間にか連れてこられた」

「あの水を出現させた魔法は？」

「あの魔法は創造召喚。俺がいた世界にあるものを、ＭＰと引き換えに持ってくることができる、俺にしか使えない魔法だ」

アカリは真剣なまなざしで、こちらを見つめている。

「ＭＰはどれくらいあります？」

ここまで話をしたのだ、隠す必要もなくなったので、これも正直に教える。

「無限だ」

「……」

アカリは何も話さなくなった。手を顎に当てて考えるような仕草をしている。俺を疑っている風には見えないが、いったい何を考えているのだろうか……

「異世界人、聞いたこともないような魔法、無限のＭＰ……やっぱり、僕の目に狂いはありませんでした‼」

突如、アカリが立ち上がった。その表情は歓喜に満ちている。

「師匠‼」

「はい‼」

急に大声で呼ばれ、とっさに背筋を伸ばして返事をしてしまった。こういう雰囲気に流されることってあるよね。

「僕を……弟子にしてください」

「……はい？」

いや、アカリは既に弟子だろ。何を今更……

そう思って伝えると、アカリは首を横に振った。

「違います。魔法使いとしての弟子にしてほしいのです」

「魔法使いの弟子？」

いやいや、何を言っているのだアカリは。話を聞いてなかったのか？

俺みたいなのが魔法使いとして弟子を取るだなんて、ありえないだろう。

なんせ俺は、異世界人で、オリジナルの魔法を使えて、ＭＰは無限で、目にＭＰを集中させることで魔力を見て、適性次第だが目にした魔法をそのまま覚えることができて……

……あれ？　俺けっこう凄くない？　弟子取っちゃってもいいんじゃね？

「ダメでしょうか？　もちろん料理も頑張りますので」

「うーん。ダメではないが……どうして俺なんだ？」

あれだけ説明した後のこの態度、なんとなく理由はわかるけど、一応確認。

「MPが無限で、いろんな魔法を使えるようになるかもしれない師匠。更に異世界人ともなると、この世界の私たちが考え付かないような魔法の使い方を編み出してもおかしくはないです！　そんな師匠に師事すれば、もっと強くなれるかもしれません！」

「そんなに期待されても、応えられないかもしれないぞ」

俺の評価、少し高すぎないか。もっとハードル下げてもらってもいいだろうか。

「そこは問題ないです。僕は既に空間魔法以外の魔法は諦めかけていたんです。だから、チャレンジしたいんです！」

「そうか……」

そうまで言われると、断りにくい。

アカリが魔法の話をしている時に見せる、ふとした瞬間の悲しそうな表情を思い出すと、できれば空間魔法以外の魔法も覚えてほしくなってくる。いくら空間魔法がレベル4でも、他の魔法が使えないとなると、苦労したこともあったのだろう。じゃないとあんな、諦めたような悲しそうな顔にならない。

「……いいだろう。アカリはこれから、料理の弟子で魔法の弟子だ」

「ありがとうございます。師匠!!」

満面の笑みを浮かべたアカリ。こうしてみるとアカリって可愛かったんだな……

なんて考えていると、エリがジト目でこちらを見ていた。やばい、勘づかれたかも。

やっぱ女の勘は怖い……なんか俺、尻に敷かれている感が半端ないな。

「それとだなアカリ」

「何でしょう師匠」

今まで密かに思ってきたことが、俺にはあった。

「師匠って呼び方はやめてくれ。ずっと我慢してたけど、やっぱり恥ずかしい。できれば他の呼び方がいい」

「そうですか？　僕的には気に入っていたのですが……それなら仕方ありません。上官でいきましょう」

「いや、それだったら……」

「なんですか、上官？」

酷くなってしまった。あんまりな呼び方なので変えてほしいが、もう変えてくれないだろうし、もう一度変えたらもっと悲惨な呼び名になる気しかしない。

ここで諦めたら、後々店で恥ずかしい思いをすることになる気もするけど、しょうがないか……上官で妥協しよう。

「いや、それでいいよ」

こうしてアカリが、新たに魔法使いとしての弟子となった。

ハイスライムとの戦闘でまさかこんなことになるとは、誰が思っただろうか……これからは魔法を使う時は、周りを確認しておこう。同じ失敗を繰り返さないようにしないとな。

それと、水の魔法を早く覚えよう。アカリにも教えないといけないし、何より今回のように炎魔法でやりすぎてしまった時に必要だ。

「それにしても俺の魔法の力、強すぎじゃないか？　レベル1だぞ？」

レベル1ってハイスライムを貫通するほど強いのか？　てっきり、ハイスライムに当たっても燃える程度だと思っていたのだが。

「いえ、あれはレベル1の魔法の威力ではないです。少なくともレベル2はありました」

今まで口を閉ざしていたエリが口を開いた。

「でも、俺はレベル1しか使えないぞ？」

「それは身体強化のせいかと……前に身体強化について説明した時は伝えるのを忘れていましたが、身体強化は魔法にも影響します」

それを先に言ってくれ‼　まだまだ、身体強化には隠された力があるのかもしれないな。もっといろいろ試すとしよう。

なんだかどっと疲れてきた、せっかくの休日なのに全然休めてないな……とはいえ、今日のメインイベントであるムーンベアーはまだ狩ってないし、さっさと見つけて帰るとしよう。

「さてと、そろそろ行くか」

空を見上げると、太陽はもう真上を通過していた。話をしたのが丁度良い休憩になったので、立ち上がって歩き始める。

俺たちはムーンベアーを見つけるべく、森の中で歩を進めた。

するとすぐ、魔力に引っかかった生命反応が一つ。

それにしても、この殺気を使った探知方法は便利だな……せっかくだから魔力探知(まりょくたんち)と名づけよう。わかりやすい名前だな。そしてステータスを確認してみると、魔力眼と同様、新しく表記が追加されていた。新しい魔法に名前を付けると、そのままその名前で登録されるらしい。これで恥ずかしい名前を付けたら、後悔することになりそうだな。

気を取り直して、反応があった方向へと慎重に、見つからないように歩いていく。草木の隙間から相手の姿を確認すると、そこには地球にいる熊に似たモンスターがいた。

体長は二メートルぐらいで、お腹のあたりには三日月の模様がついている。間違いない。ムーンベアーだ。

ムーンベアーは森の中に生息しているCランクモンスターで、大きな体を使い鋭い爪で攻撃してくるのが特徴。大きいわりには動きが速く、攻撃を読むのが難しい。また、魔法も使い、口から火を噴くことができるらしい。

てか、ドラゴンじゃないいんだから火とか噴くなよな。そういえば聞いた話だと、ドラゴンは〝火〟じゃなくて〝炎〟を噴くんだと。表現が違うということはつまり、火と炎では威力が違うことを意味しているわけで、目の前のムーンベアーの噴く火はたいしたことはない、ということかもしれない。

……いや、火を噴く時点でだいぶヤバいんだけどね。

「身体強化」

俺はムーンベアーがいる方を向き、ぽつりと呟く。

何も言わなくても身体強化はできるが、MPを纏う感覚が鋭くなる感じがする。言葉にすることでイメージがわきやすくなるからだろう。

魔法に重要なのはイメージだ。これは直感型でも理論型でも変わらない。最終的に何をしたいのかをイメージすることで、魔法の完成度が上がるのだ。

体全体に魔力を纏った俺は、勢いよく飛び出した。

「がぐ‼」

草木に当たった音だけで俺の位置を把握(はあく)したムーンベアーが、声をあげながら振り向き、俺と向き合う形になった。俺はそのまま突っ込んでいく。

がきんっ‼

ムーンベアーの爪と俺の右腕がぶつかった。身体強化を右腕に集中させることで爪も通さない頑丈(がんじょう)さになっているため傷もつかず、パワーも上がっているので押し負けることもなかった。

「ぐが‼」

爪だけでは無理だとすぐに諦めたのか、ムーンベアーは口を開いた。

「やべ‼」

目の前で開いている口から、ものすごい勢いで火が噴出(ふんしゅつ)してくる。その火の威力は、身体強化を使わない状態の俺の炎魔法と同等ぐらいだろうか。とはいえ今の俺は全身を身体強化しているため、無傷で切り抜けた。

「くらってないよっと」

間髪を容れずにムーンベアーが攻撃してくる。大きな腕と爪を使った狂暴な攻撃をしかけてくるが、俺はしっかりとその攻撃を見切り、最小限の動作で避けていた。

さあ、遊びはここまでだ。相手のおおよその力量はわかったので、俺は一気にカタをつけに動き出す。

まずは身体強化を足のみに、普段より多めに纏わせる。

ダンっ‼

ムーンベアーに突っ込むようにして地面を蹴った。俺が蹴り出した地面には、えぐり取られたかのようにくっきりと足跡が残っている。

最初にムーンベアーに突っ込んだ時の倍近い速さで飛び込んでいく。しかし、さすがのムーンベアーは、俺の動きに反応して、反撃をする準備ができていた。あの構えは、おそらく左腕による大振りの爪攻撃だろう。

だが、俺にとってはそれも想定済みだった。

ムーンベアーの目の前に到達したところで、その勢いのままジャンプ。アクロバティックな動きでムーンベアーの頭上を飛び越えた。カウンター気味に振られたムーンベアーの

腕は、空を切る。

後ろに回り込んだ俺はすぐに振り返り、すかさず攻撃する。

「おらあっ！」

炎魔法をここで使ってさっきみたいなことになっても嫌だし、とりあえずグーで殴ることにした。身体強化をしたパンチがムーンベアーの頭にめり込む……っていかん、強さの加減を間違えたかも。

ムーンベアーはそのまま吹っ飛んで、木にぶつかって地面に落ちた。ピクリとも動かないし、倒せたかな？

というわけで討伐終了。結局、ムーンベアーとの決着はあっさりしたものとなってしまった。

エリとアカリが、少し離れたところから唖然とした表情でこちらを見ている。

「帰るか」

ムーンベアーを空間魔法で別空間に入れた俺は、二人を促すのだった。

10

森から帰ってきた俺たちは、ムーンベアーを使った新作メニューではなく、翌日の店で出す料理の予備をたくさん作って、空間魔法で保存した。その後は晩ご飯を食べて寝た。

そして次の日。店はもちろんいつものように開店させている。

現在俺たちは、注文の入った料理をその都度空間魔法の別空間から出しながら、ムーンベアーの新作メニューの試作を行っている。

「まずはどうするか……」

空間魔法からムーンベアーを取り出した俺は、自分の失敗に気がついた。

そう、俺は熊の解体ができなかった。地球にいた時はただの料理人だったんだから、そりゃ当たり前だ。熊の解体に慣れてる料理人なんているのだろうか……もはやその人は、ほとんど猟師なのではなかろうか。てか、豚とか牛でも、料理人が解体することは、あまりないんじゃないか？

「もしかして……師匠は解体できませんか？」

ムーンベアーを見つめてどうするか悩んでいると、隣にいたアカリが問いかけてきた。

ちなみに森の中で上官と呼び名が付いたが、あれは一瞬で封印されることになった。今朝店をオープンしてから、上官と呼ばれるたびに客の視線が突き刺さったので、頼み込んで元の呼び名に戻してもらったのだ。

「できないな……」

「じゃあ、僕がやりましょうか？」

「できるのか？」

「できますよ。僕は師匠の弟子ですが、一応レベル４魔法の使い手で冒険者ですから」

自信満々な表情を浮かべるアカリ。

冒険者にとって、解体の技術は基本中の基本みたいだ。

厨房の奥の方にある、少しだけ広いスペースで、アカリは解体を始めた。

なれた手つきでムーンベアーの皮を剥ぎ、肉を部分ごとに切り分けていく。

少し残酷な光景にも思えるが、本来、食べるということは命を頂くということなのだ。

これまでのモンスターとの戦いは、ただ勝つことに集中していたため、命を頂くことについて考える暇はあまりなかった。初めてホーンラビットを狩った時は、命を奪うことへの躊躇はあったが、あくまでも討伐だったし、食べることなんて考えてもいなかった。

だが今回は、自分が倒した相手を食べることになる。この食べるという行為が発生するだけで、こうも感情が揺さぶられるのは何故なのだろう。

料理人になるための学校では、命を頂くことについて、畜産関係の話を交えつつ習った。そのため、命を扱うこと、食べることについては、しっかりと考えるようにしている。ただ作る、それだけが料理人ではないのだ。

だからこそ俺は、生きていることや食べることに、常に感謝をしている。こうして目の前で、生き物が解体されていくのを見ると、その思いはますます強くなった。

「できました」

そんなことを考えているうちに、アカリがムーンベアーの解体を終えた。肉と骨、皮が綺麗に分かれている。

「そういえば、この骨と皮はどうするんだ？」

肉以外の部分をどうするのか気になったので、アカリに聞いてみる。

「そうですね……旅の途中だと、そのまま埋葬することもあるんですが、皮も骨も防具やアイテムの素材になるので、ギルドで買い取ってもらうことになります」

なるほど、捨てるようなことはしないのか。いくらくらいで売れて、どんな防具やアイテムになるのかはわからないが、利用方法があると知ってなんだかほっとしたな。

「それじゃあ、後でギルドへ持っていこうか」

「はい、そうしましょう」

さて、それでは肝心のお肉の方を見てみよう。

それぞれ部位ごとにブロックとして分けられているが、細かい部分の名称などはわからないので、どこがどういった特徴があるのかわからない。

とりあえず肉の固さを知ることから始めることにする。手と足には比較的固い肉がある。その他の部位の固さは、あまり違いがないらしい。ただ、体の真ん中の、三日月のような模様があるあたりの肉は特別柔らかく、市場では高額で取引されているそうだ。

とりあえずその部位をどけておき、他の肉を使って試作メニューを作ることにした。

何故どける必要があるかだって？　簡単なことだ。そんないい肉ばかりを使っていたら、店が持たないからである。あくまでもレストランで出す料理だ。安くて美味しい、そういった料理が必要なのだ。

その貴重な部位は、俺たちが後で美味しくいただくとしよう。

「とりあえず、アカリ。何か作ってくれ」

「えっ？　僕ですか？　試作メニューは？」

「異世界の素材を使った異世界の料理が、どういったものなのか知りたいからな。ムーンベアーは、一般家庭でも出てくるような肉なんだろ？」

　この世界の料理についても学んでおきたい。そもそも俺がこの世界で食べた異世界食材は、スズヤさんの店で食べた深海フィッシュとモンスターフルーツなど、数が少ない。

深海フィッシュは生（なま）やあぶった程度の簡単なものしか食べていないし、モンスターフルーツにいたってはそのまま食べるタイプの果物だった。料理らしい料理を食べたのは、依頼を受けて行ったウィンのレストランの、ボアロットのステーキぐらいだ。

「わかりました。それなら作りますね」

　俺の意図を知ったアカリは料理を作り始める。

　今回は、アカリがいつもと同じように作れるよう、この世界の食べ物をある程度買い込んでおいた。ニンジンに大根とキャベツ……に似たこの世界の野菜だが、味は少し違うだけで、気になるほどの違和感があるわけではない。というか、たぶん地球でもこういう品種だと言われたら納得してしまいそうな味だ。

　適当な大きさに切った野菜を、鍋に入れていく。その後に薄くスライスした肉を入れて、味噌（みそ）に似た調味料を溶かす。

　なるほどこれは豚汁……いや、熊汁だな。後はじっくり火にかけ、肉にも野菜にも火が通ったら完成のようだな。

でき上がったムーンベアーの熊汁を、器に移して試食をする。

せっかくなので、ご飯もよそって一緒に食べよう。

しかし今思えば、味噌がこうして存在して、味噌汁が食卓に出るのに、この世界ではお米が高級品で気楽に食べられないのはもったいない気がする。一般的にはパンが主食だが、パンと味噌汁ではミスマッチではないだろうか。

アカリが心配そうな顔をして、俺が食べる姿をじっと見ている。

「うん。普通にうまいな」

一口食べると、体の芯から温まる感じがして、ホッとする。安心感を与えるこの感じは、まさしく汁物の特長だ。

アカリは俺の言葉を聞いて胸をなでおろし、その後自分も一口食べてほっこりしていた。

ムーンベアーの肉は比較的豚の肉に近いようで、地球で食べたことのある豚汁と比べても、違和感はなかった。でも強いて言うなら、少しだけ臭みが強いだろうか。そこまで強烈なものではないのだが、一般家庭で出すならともかく、うちの店には向いていないな……この臭いのが好きな人もいるんだろうか。

「他の料理は？」

「ムーンベアーのステーキなどがあります」

「ステーキか……」

俺は、今から作る新作料理を考える。ステーキのメニューならば、うちにはシャリアピンステーキがある。別に熊肉を使ってシャリアピンにしてもいいし、普通のステーキではなく俺なりに工夫したステーキを考えてもいいが、せっかくなら別の料理を出した方が目を引きやすいだろう。

「うーん」

頭をひねりにひねって考えるが、中々良いアイディアが浮かばない。

ムーンベアーは名前の通り熊だ。俺は食べたことがないのでどんなものがあるかはわからないが、確か日本にも熊料理はあったはずだ。ということで、初めて熊を調理することになる。モンスターの肉ではあるが。

肉の弾力はあまりない。モンスターだからか、地球でよく食べていた肉に比べると、全般的に固い。それと臭みをどうにかしなくてはいけない。

地球でも、モンスターではないが狩猟した動物を食べる食文化があり、ジビエと呼ばれている。これはフランス語で、元はフランスの上流階級が自分の領地で狩猟した獲物を食べたことから始まったと言われている。

家畜化されていない野生の鳥獣の肉を使っているため、臭みの強い肉が多い。よく食べられているものだと、鹿や猪、兎といったものが挙げられる。そしてその中に、熊肉も含まれていたはずだ。

つまりジビエ系の調理法を使えば、肉の臭みはかなり取れるということだ。

「よし、これだな」

一つアイデアを思いついた俺は、さっそく行動に移る。

今回のポイントは、いかにして肉の臭みを取るかだ。

この世界にはない、クミンやナツメグなどの地球の調味料には、臭みをおさえてくれるものもある。そういった香辛料・調味料を多く使い、なおかつジビエの発祥であるフランス料理系であれば、かなりいい感じに仕上がるのではないだろうか。

というわけで、創造召喚で調味料や香辛料、そして野菜などの食材を持ってくる。それと一本の瓶を転送させた。

「これは？」

アカリが瓶を見て首を傾げた。瓶の中には赤い液体が入っている。アカリはどうやら見たことがないみたいだな。この液体、いや飲み物は――

「赤ワインだ」

「こんな瓶に入っているんですか？」

またもや首を傾げるアカリ。

アカリはこんな調子だが、この世界にもお酒はある。

主に流通しているのは、エールという飲み物だ。地球にあるエールやビールとは近いものの、どことなく違った味をしている。材料が地球と違うからだろうか。エール以外のお酒に関しては、赤ワインはウィンの店で見かけたことがある。ウイスキーや焼酎（しょうちゅう）といった蒸留酒（じょうりゅうしゅ）は、まったく見かけなかった。

「アカリはまだ未成年だから飲むなよ」

「何を言っているんですか？　僕は未成年ではないですよ？」

「一五歳だろ？　まだ、未成年じゃないか」

「師匠、この世界では一五歳からもう大人なんですよ」

「おお、そうか」

俺はルイスから教わっていたことをすっかり忘れていた。

一五歳から大人として扱われ、一八歳で結婚をしてないと遅いとすら言われる世界だ。お酒が飲める年齢が早いのも頷ける。

「アカリはお酒は飲むのか？」

「いえ、多少は飲めますが、好んで飲むほどではありません」

「そうか、ならいいが……飲めるからといって飲みすぎるなよ」

「師匠、わかりました」

アカリはしっかり頷いているので、大丈夫だと信じている。

あらためて考えてみると、俺、アカリのことをかなり信じているな。俺自身も、信頼してもらえるような存在にならないと。

とりあえず今は、料理を作ろう。

さて、これから作るのは、赤ワインの煮込みだ。ムーンベアーの肉は少しクセがあるので、臭みを和らげてくれるこの調理方法はぴったりだ。

作り方はこうだ。

まず、適当な大きさに野菜を切っていく。今回はニンジン・玉ねぎ・にんにくを使う。

切り終わったら鍋に移し、赤ワインを注いでマリネ液を作る。

このマリネ液とは、フランス語で「漬け込む」という意味を持つ言葉である「マリネ」からきていて、その名の通り、食材を漬け込む液のことだ。

次に、クミン、ローズマリー、タイム、オレガノ、ナツメグを少し入れる。これらの香りの強いハーブによって、臭みをとることができるのだ。

こうしてマリネ液ができたら食べやすい大きさのブロック状にカットした肉を鍋に入れ、

一晩漬け込む。

「……漬け込む？」

アカリが首を傾げた。

……実は俺も今さっき、マリネ液を作りながら気づいた。この料理、漬け込んでおかないといけないじゃん。

そう、マリネを利用した料理は、漬け込む作業が発生する以上、どうやっても時間がかかることになる。なんでさっき説明してた時に気づかなかったんだ、俺。

「ああ、これから漬け込む必要があるので、今日はここまでにして、続きはまた明日やることにしよう」

何も考えていなかったことに気づかれたくないため、予定通りに進んでいると思わせるようにアカリを誘導する。

表情も変わらないようにしていたし、バレていないだろう。ここでまた嘘つきのスキルが発動した。いや、実際にはそんなスキル持ってないが……

「わかりました師匠。続きはまた明日ですね」

どうやら効果はてきめんだったようで、アカリは一つ頷くと、試作で使った道具の片付けを始める。

……本当に嘘付きスキルなんて持ってないよな？　不安になった俺はステータスを確認するが、スキル欄には表記されていなかった。

時々、びっくりするぐらいあっさりと嘘を信じてもらえるんだけど、これってスキルじゃないのか？　地味に助かっているからいいんだけど、ステータスに表記がない以上は、俺の口がうまいということなのだろうか。

小さい嘘ばかりとはいえ、いつかバチが当たりそうで怖いな……

俺はアカリが片付けをする姿を見ながら、そう思った。

熊肉をマリネ液に漬け込んだ翌日、いつも通りに店はオープンした。

昨日も大繁盛だったし、今日も混みそうだな。来客数は日に日に増えてきているから、気合を入れなくてはいけない。それに、そろそろ予約制にすることを考えてもいいかもしれないな……

俺は今後の店の方針について考えつつ、熊肉の鍋を覗いてみた。

しっかりと漬け込まれていることを確認した俺は、鍋から肉を取り出す。調理再開だ。

まずは、オリーブオイルをフライパンで熱し、取り出した肉を入れ、いい焼き色がつくまでしっかりと焼く。

焼き色がついたところで、同じくマリネ液から野菜も取り出して、同じ鍋で炒める。

炒め終えたところで、マリネ液の入った鍋に戻し、後は柔らかくなるまで煮込む。圧力鍋があると便利だが、普通の鍋でも問題ない。

ここで気をつけたいのは、ムーンベアーの肉の固さだ。牛肉や豚肉よりもはるかに固いため、じっくり弱火で煮込む必要がありそうだ。

焦げ付かないよう気をつけつつ、二時間ほど弱火で煮込んだ。

そうして煮込み終わったら、野菜だけを取り除く。この野菜はマリネと煮込みのために用意したもので、食べる用ではないのだ。

次に、新たに切ったニンジンとマッシュルームを、肉とマリネ液だけの鍋に入れ、塩で味を調えつつ再びじっくりと煮込む。ここで火を強めすぎると肉が固くなってしまうので要注意だな。

ニンジンに火が通ったのを確認したら、皿に盛り付け、最後に見栄え(みば)をよくするためにクレソンを載せる。

クレソンについてはあってもなくてもいいのだが、見た目も含めて「料理」なので、試作でもきちんと最後まで作った。

――ムーンベアーの赤ワイン煮の完成だ。

初めての熊肉、そして初めての自分で手をかけたモンスター料理。どんな味がするのか楽しみだ。

とりあえず、俺とアカリの二人分を盛り付ける。

エリたちには、後で食べてもらうことにしよう。新作料理なのだし、色々な人の意見が聞きたいからな。

「食べてみるか」

「はい、師匠。美味しそうですね」

俺は昨日の熊汁以外、熊肉の料理を食べたことがない。加えて、昨日は薄切りだった肉が今日はブロックということで、食感も味も、まったくイメージできなかった。うまく作れているのか不安だが、楽しみでもある。

肉にフォークを通すと、しっかり煮込んだおかげか、スーッと通っていく。力はあまり入れていないのに、この通り方。こんなに柔らかくなるのか、驚きだ。

崩れないようにゆっくり掬(すく)って、一口。

その途端に感じたのは、口から鼻に抜けていくようなハーブの香りだった。熊汁で感じた肉の臭みを、しっかりと消してくれている。その後にやってきたのは、肉の旨(うま)み。赤ワインでしっかり漬け込んだ後に煮込むことで、ワインの酸味や深い味わいが加わっている。

マリネに使っていた香辛料とワインのインパクトが強いが、それでも主役は自分だと言わんばかりに、肉がその旨みを放っていた。

これがごく一般的な家庭で食卓に上がるモンスターの肉と同じもので作られているとは、誰も思わないだろう。

隣に座っているアカリも、ひと切れ口にすると驚いた表情を浮かべて料理を凝視している。

「どうだ？」

「癖になりそうな味です」

癖になるか。確かにこの独特の香りは、他の料理では味わえないだろうな。ムーンベアーの臭みと香草、ワインが混ざってできた、この料理ならではの香りだ。

この独特の香りは、ご飯と一緒に食べるよりも、お酒の方が合いそうな感じだな。

アカリの評価はまだ続く。

「ワインを使っていたので、アルコールや渋みがキツそうだと思っていたのですが、食べてみるとそれは間違いだと気づかされました。どちらかというと、酸味が強いですね」

驚いた様子でアカリは話を続け、俺はそれを聞きながら、もう一切れ口に運ぶ。エールも合うかもしれないが、これは赤ワインの方が合うだろうな。

「肉も柔らかく、肉そのものの臭みが消えていますね。ムーンベアーでステーキを作ったことがあるのですが、このサイズの塊にすると、表面が固すぎたり肉の臭みが強すぎたりして、こんなに美味しくはならなかったです。ものすごく食べやすくなっています」

すっかり興奮した様子のアカリを尻目に、俺は地球から新しい赤ワインのボトルを取り寄せた。

今は仕事中のため、すぐに飲むわけではないが、今日の仕事終わりにこの料理をつまみながら飲むことは決定事項だ。

アカリの言っていた、癖になりそうな味という表現はまさしくその通りで、俺はもう既にすっかり癖になっていた。

それにしても、思っていた以上に完成度が高かったな。これなら問題なく店のメニューとして出せるだろう。

いや、どうだろうか……もしかすると、似た料理が他の店にあるかもしれない。この世界は西洋風の料理を出すお店が多いので、赤ワイン煮なんかはどこかにあってもおかしくはない。香辛料や野菜は地球のものを使っているとはいえ、そこまでしっかりよそとの差別化ができるのだろうか……

さらに、漬け込んでおく時間や煮込む時間など、かなりの手間と時間がかかるのが問題だった。空間魔法を使えば、完成した料理を保存することはできるが、料理の工程をカットできるわけではない。まあ、まとめて大量に作り置きして空間魔法で保管しておけばいいので、料理の回数自体は減らせるのだが。

このように不安な点はあるのだが、とりあえずメニューに加えることにしよう。

似たような料理が他の店にあっても、作り方が違う可能性が高いし、うちで出す価値はあると思う。

それにこの料理は、お店の新たな可能性を広げてくれるかもしれない。というのも、この料理を出すことで、お酒の注文が入るかもしれないからだ。

この世界のお酒であるエールやワインを始め、地球から創造召喚したビールやウイスキー、焼酎と、様々なお酒を提供したい。あまりアルコールのメニューを増やしてしまうと、少しだけ居酒屋っぽくなってしまうかもしれないので、お店全体の雰囲気を壊さないよう気をつけよう。

昼から酔っ払いがお店にいると嫌なので、お酒の提供は夜だけにしようかな。

昼はこれまで通り、誰でも気軽に入れるレストラン。夜は大人向けな感じの、お酒の出てくるレストラン。

そんな店があってもいいかもしれない。ここは異世界だ、自分がやりたいようにすればいい。

「それなら、もっと夜限定の料理が必要だな」

もしお酒を提供するようになるなら、おつまみの種類が圧倒的に足りなくなってしまうな……俺はアカリにも店の方針を伝え、どんな料理を追加するか、一緒に知恵を絞ってもらうことにした。

アカリは酒場に通っている雰囲気はないので、どれだけ詳しいかはわからないが、この世界ならではのおつまみを何か知っているのではないだろうか、と期待したのだ。

「シン様。オムレツを三個お願いします」

「店長。こちらにはシャリアピンステーキをおねがいしますニャ」

そうこうしているうちに、店がピークタイムに入る。俺は空間魔法で料理を取り出しエリたちに渡しながら、考えを巡らせるのだった。

11

いろいろ試行錯誤を重ね、とうとうお酒の販売を開始した。

おつまみについては結局、定番の料理を出すことにした。

そもそも俺はレストランの料理人なので、おつまみ系の手の込んだ料理を作ったことがない。そこで、ポテトフライや枝豆といった、揚げるだけ温めるだけのお手軽な料理を、夜限定で販売することにした。しかし、これらのおつまみはエールとビールには合うが、ワインにはあまり合わない。そのため、別の料理も考えた。

それが、カプレーゼというイタリア料理だ。

カプレーゼとは、薄切りにしたトマトとモッツァレラチーズにバジルの葉をあしらい、オリーブ油をかけたサラダのことだ。名前の由来は、イタリアにあるカプリ島と言われている。

ただつまみとしては少し物足りないと思った俺は、追加で生ハムをトッピングすることにした。見た目も良くなるし、味の方もワインによく合うだろう。

どうやら俺が持ってきた赤ワインはこの世界の赤ワインと微妙に味が違うらしく、カプレーゼの生ハム添えと一緒に、かなりの高評価をもらっていた。

そんな感じで夜の営業が繁盛するようになると、お酒を飲む冒険者が増えたこともあってか、前よりも多くの情報が聞こえてくるようになった。

俺は今現在、ホールで接客をしている。そろそろ昼の営業から夜の営業に切り替わる時間なので、アカリに厨房を任せていた。アカリの料理の腕前は日に日に上達していて、一人前の料理人になるのもそう遠くはないだろう。

テーブルを拭きながら隣の冒険者たちの会話を聞いていると、気になる話をしていた。

「おい、どうやら勇者が今この街にいるらしいぜ」

「勇者ってあの？」

「そう、勇者だ。勇者は魔王を退治するための旅をしていて、現在はどうやらレベル4の魔法を使えるやつを捜(さが)しているらしい」

「三人しかいないっていうアレか？」

「そうだ。そいつがこの街にもいるってんで、勇者が来たみたいだな」

「へえ、レベル4なんてこの街にいるのかよ、知らなかったぜ。で、勇者ってのはどんなやつなんだ？」

「なんでも、長い黒髪をなびかせて、刀っつう武器で敵を切り刻むらしい。美少女って話もあるが、まあ眉唾(まゆつば)モンの噂だろうな」

ビールジョッキを片手に持った髭面(ひげづら)の冒険者が、向かいに座っている金髪の冒険者に説明していた。

勇者か。こっちの世界に来てから、ちょくちょく耳にしているな。確か、西の方にある魔法都市アンセルブルってところで召喚されて、仲間を集める旅に出ているんだっけ。その勇者がこの街に来ているのか。

軽く聞き流していた俺だったが、あることにふと気づいた。

あれ？　レベル４の魔法が使えるやつって、アカリのことじゃね？

アカリは空間魔法しか使えないが、そのレベルは４だ。しかも空間魔法はアカリしか使えないことになっている。俺が空間魔法を使えることは、この店の従業員しか知らないことなのだ。

なんか少し嫌な予感がしてきたぞ……しかもこのテの予感というのは、いわゆるフラグになりやすいんだ。

「少し失礼するわ」

そんなことを考えた直後、お客様が入ってきたので、入り口の方へ向かう。

入ってきたのは、四人グループの冒険者。男性二人に女性が二人だ。

一人は、フルアーマーの青年。脇にフルフェイスの兜を抱え、目だけを素早く動かしている。

一人は魔法使い風の服をきたよぼよぼの爺さん。長い髭を撫でながら、テーブルの上の料理を見ていた。

一人は、僧侶服を着た少し小柄な女の子。口をぽかんと開けて店内を見回している。

そして最後の一人は、グループの真ん中にいた女性。胸に銀のアーマーをつけ、下はスカートという微妙にちぐはぐな格好だ。黒髪ロングで、胸は少し発達している。そして何よりも目が行くのは、腰から提げられている刀だった。

妙な威圧感を放つ一行が入店したことで、店が数瞬の静寂に包まれる。

「おい、アレって……」

さっきの金髪の冒険者が、髭面の冒険者のことをつつく。

この四人組、どう見ても勇者一行である。一瞬でフラグが回収されたな。

「あなた、この店の店員かしら？」

俺の内心などお構いなしに、勇者がこちらに近づいてきた。

面倒事は避けたいので、できればお引き取り願いたいのだが、別に閉店の時間でもないので対応するしかない。何も起きなければいいけど……無理だろうなあ。

「はい、そうです。何か御用ですか？」

「この店の店長に会いたいのだけど……」

「そうですか」

さっきの冒険者の話から察するに、彼女たちのお目当てはアカリに違いない。きっとどこかで、アカリがこの店で働いていることを聞いて来たのだ。

とはいえ従業員として働いているアカリを勝手に連れていくわけにもいかないので、店長と話をすることにしたのだろう。

「私が店長のシンです」

「あなたが……嘘ではないですよね」

一歩前に出た俺を、勇者は疑いのまなざしで、上から下までジロジロと見てきた。が、あっさりと信じてくれたのか、こちらをまっすぐに見据えてくる。

「私は、魔王討伐のために旅をしている勇者です。店長さんに、勇者として頼みたいことがあります」

「何でしょうか？」

いつの間にか、勇者の仲間の三人も俺の近くに来ていた。

「この店で働いているという、空間魔法使いのアカリを冒険に連れて行かせてください。魔王討伐に、彼女の力が必要なのです」

予想通りのお願いだな。そんなことを言われても答えは決まっている。もちろん――

「断る‼」

堂々と言い切った。

いや、だって考えてもみろ。最近になって、やっと店が回り始めたんだぞ。これはアカリが入ったおかげなのだ。

そのアカリが抜けたらどうなるかなんて決まっている、店が崩壊してしまう。

魔王を倒す？　知ったことじゃない。街で聞いた話だと、魔王は別に攻めてきているわけでもないらしく、こちらに被害が出るようなことは何もしてないという。

その魔王を倒したいなら好きにすればいいが、緊急事態でもないのに従業員を取られたら、こちらにとっては損しかない。

「理由を述べてください」

「アカリがこの店の従業員で、私の弟子だからです。師匠なら、弟子が一人前になるまで見守らなくてはいけないでしょう？」

「それだけですか？」

「それだけですが？」

何を言っているのだ、この勇者は。理由はそれだけで充分だろう。この店にとって、そして俺にとって、これ以外に理由はない。

一瞬驚きの表情を浮かべた勇者だったが、スッと目を細め、こちらを睨みつけてくる。

「どうやら、ふざけているようですね」

「どこがふざけているんですか？　私はいたって真面目ですよ？」

「そういうところがふざけていると言っているのです‼」

そう叫んだ勇者は、腰に提げていた刀を鞘から抜き放つと、俺の首筋ギリギリで寸止めした。あと数ミリ動けば当たるところで止まっている。見事な刀さばきだ。

食事に来ていた客が悲鳴を上げた。今すぐにでもここから出たいと目で訴えている。

「今は営業中です。刀を鞘に収めてもらえないですかね」

少し語気を強めて言った。

いくらお客様でも、店に迷惑をかけるやつは許せない。

それに店の中で斬られでもしたら、それだけで店の評判が落ちてしまう。

「師匠。厨房の仕事終わりました」

タイミングがいいのか悪いのか、厨房からアカリが出てきた。

刀を向けられている俺と、刀を持っている人物を見たアカリは、どんな状況なのか察したのだろう、顔を引きつらせている。

「彼女がアカリさんですか？　もういいです。直接説得します。いくら店長でも、従業員個人の意見を無視することはできないでしょうから」

アカリの姿を見てそう言い放った勇者は、刀を鞘に収めてアカリへと歩み寄った。

当のアカリは、視線をこちらに向けて助けてコールを送ってきている。

「あなたがアカリさんですね。私の名前はシズカ。この世界に召喚された勇者です」

ここで初めて、勇者の名前が判明した。

ここまで名前を名乗られていなかったことに気づいた俺は、ショックを受ける。俺には名前を教える必要はないということなのだろうか。

「ぜひ、私たちと一緒に魔王を倒して、世界を平和にしませんか？」

「断ります」

即答したアカリの言葉は、俺と同じ否定の言葉だった。

「どうして……でしょうか？」

シズカは頬を引きつらせながら、アカリに問いかける。俺の時と同じような断り方をされたので、少しイラッとしたようだな。

「僕は師匠の弟子で、この店の従業員ですから」

まったくもってその通り。またもや俺と同じ回答が、アカリの口から飛び出した。

俺とアカリは似ているのかもしれないな。

「そう……ですか……」

シズカの目が俺を捉えた。あ……これ、ダメなやつだ。

危険を察知した俺は、手に身体強化をかけて、前につき出した。

ガキンッ‼

「ッ‼」

「ほ～……」

シズカの振り下ろした刀は、俺の手によって止められていた。

シズカは驚愕に眼を見開き、魔法使いの爺さんは声をあげながら、興味深げな視線をこちらに向けてきた。

「殺す気ですか？」

「手加減はしているつもりよ」

俺の言葉に対して、淡々と答えるシズカ。

どうやら彼女は、相当なバトルジャンキーのようだ。世界を救う勇者なのにその性格はどうかとは思うが、きっと彼女本来の性格なのだろう。

彼女の仲間はどう動くのかと横目で見てみると、小さな僧侶はあたふたしており、フルアーマーの男性は動かない。魔法使いの爺さんは先ほどからずっとこちらを観察していて、誰も動く気配がなかった。

ここは一応店の中なのだから、彼らも勇者パーティなら勇者を止めてくれてもいいのに……その素振りさえなかった。

俺はシズカをまっすぐに見据え、口を開く。

「他のお客様に迷惑です」

「関係ないわね。勇者は魔王を倒すのが使命よ。そのために必要な仲間を集めるのに、この店がどうなろうと知ったことではないわ」

「言ってくれますね」

さっきからかなりイラッときていたが、これは一番許せない発言だな。店を繁盛させるためにここまで積み重ねてきた努力を踏みにじられたのだ。

俺が魔力を練り上げ、目の前の勇者に向かって殺気を放とうとしたその時――

「待て待て。このまま暴れると店が大変なことになるぞい」

さっきから静観していた魔法使いの爺さんが止めてきた。

確かに彼の言う通り、このままここで戦うとなると、店が壊れてしまうのは目に見えている。だからといって、勇者を許す気にはなれない。

俺のそんな気持ちを見抜いたのか、爺さんは言葉を続ける。

「まあ、そう焦るでない。一度落ち着いて、自己紹介をしようぞ。わしの名前はゼノン、魔法都市アンセルブルの魔法学校で、教授を務めておった」

　魔法都市アンセルブルは都市国家で、名前の通り、魔法使いが集まる国だ。魔法使いになりたい人は訪れるべき国とも言われており、そこにある魔法学校は、魔法使いのエリートが集まる。その学校の教授となると……

「レベル4の魔法を使えるのか？」

「いや、わしはレベル3の魔法しか使えん。もっとも、炎・水・土・風・光・闇の属性魔法なら、六つ全て使えるのじゃがな」

　髭を撫でながら、俺の質問に答えたゼノン。

　俺はじっとゼノンに目を向けるが、見つめ返されて、思わず目をそらす。何でも見透かされているような感じがしたんだ。

「人生経験が豊富なわしから提案してもよいかの、シンとやら。おぬしにも悪い条件じゃない」

「……」

　さっきは思わず怒りに任せてしまいそうになったが、少し間を置いたら落ち着いてきた。とはいえ、やはりシズカには、この店がどうなろうと知ったことではないと言ったことは謝ってほしかった。

頑張って積み重ねてきたものが、到底納得できない理由で一瞬にして消される。それがどんなに苦しいことか。

「ゼノン……裏切り者はどうなるか、わかっているわよね」

「わかっておるわい、シズカ。ちょっとした交渉じゃよ」

ゼノンの爺さんはそう言うと、持っていた杖で地面を叩く。

その叩かれたところから、波が揺らめくように地面が歪んだ。さらに叩くたびに、歪みは大きくなっていく。

かーん。

最後に思いっきり地面を叩くと、甲高い音とともに地面がせり上がってきて、俺たちを一瞬のうちに呑み込んだ。

12

思わず閉じていた目を恐る恐る開ける。

そこは真っ白な空間だった。

「ここは……」

「わしが作り出した空間じゃよ。勘違いするではないぞ。わしが空間魔法を使ったわけではない。この杖の力じゃ」

俺の口からこぼれた疑問に、ゼノンが答えてくれた。

確かにこの空間は、アカリの空間魔法では作ることができない。空間魔法とは別の能力なのだろう。

「さて、ここに連れてきたのは他でもない。交渉のためじゃ」

ゼノンはそう言ってこちらを見るが、こんな状態では交渉も何もないではないか。

この空間に現在いるのはアカリ、俺、シズカ、ゼノン、後は勇者のお仲間さん二人。どう考えても二対四の図にしかならない。

この状態で交渉だなんて、断ったらどうなるかくらい、すぐにわかる。やられたな。

「そう身構えるでない。なに、交渉といっても、そう難しいことではない。お互いが納得のいくようにしようぞ」

訝(いぶか)しむ俺に向かって、ゼノンの爺さんはそう言ってにっこりと笑った。どう見ても何かを企(たくら)んでいる笑顔だ。何をやらされるんだろう。

「わしと決闘をして正々堂々と決着をつけようぞ。勝った者の言うことを聞く、というのはどうかの」

勇者一行には、どうやらバトルジャンキーが多いみたいだ。

「ずるい、私も交ぜなさい」

俺が返事をする前に、シズカが口を挟んでくる。もうすでに、戦うことが決定してるじゃないか。

「待て、俺は戦うとは……」

「断ると？」

ゼノンの爺さんが殺気を放つ。こちらも同じく殺気を飛ばして相殺しようと試みるが、この前森で海水を召喚した時を軽く超えるほどの大量のＭＰを込めて、ようやく相殺できた。

さすが勇者の仲間、伊達じゃないな。

「わしの本気も通じぬか……面白いのう」

「いや、笑えないんだが……」

ゼノンの爺さんは子供のように無邪気な笑みを浮かべていた。まるで、面白いおもちゃが見つかったとでも言いたげな笑顔だ。

「それでは決闘は二対二で行おうぞ。シズカも戦うと言っておるしな」

困惑する俺をよそに、勝手に話が進んでいく。

今現在ゼノンの爺さんの魔法によって閉じ込められている以上、戦うしかなさそうだ。

いくら仲間を増やすためだといっても、いささかやりすぎではないだろうかとも思うが、腹をくくるしかなかった。

「アカリ、すまん。戦うしかないようだ」

「師匠が戦うと言うなら、僕もついていくだけです。僕は師匠の弟子ですから」

アカリが頷いてくれたので、視線をゼノンの方に向ける。

俺たちの会話を聞いていたのだろう、にんまりと笑みを浮かべていた。シズカの方も、薄く笑みを浮かべている。さすが、バトルジャンキーたちだ。

「ふむ、納得してくれたようじゃし、決闘のルールを説明しようかの。ルールは簡単じゃ。どちらかが戦闘不能になるか、戦えないと判断するしかない状態になるまで戦う。殺しは禁止じゃが、人としての原形を留めないような大怪我でもしない限り、わしらのパーティの回復役であるフウカが治療してくれる」

「ふぇ～～」

急に名前を出された僧侶風の女の子があたふたする。彼女の名前はフウカというのか。

かと思ったら、何もしてないのに何もない場所でいきなりこけた。彼女で回復役が務まるのか、微妙に心配になる。

というか今、人としての原形を留めないような大怪我って言ったよね？　そんな大怪我する可能性もあるってこと？

「なに、心配するでない。フウカもああ見えて立派な勇者のパーティの一員じゃ。その能力も折り紙付きじゃよ」

「ええ、心配しなくていいわ。私の回復役ですもの」

こちらの訝しげな表情を見て、ゼノンとシズカがフォローしてくる。

いや、そう言われても不安は拭えないんだが……何より、そもそも勇者パーティ全部が信じられないのだ。

「師匠、彼らが言っていることは本当です。以前旅をしていた時に、勇者パーティの噂を耳にしたことがあるのですが、回復役の能力は凄まじいということです」

「……アカリがそう言うなら信じるか」

なんでもかんでも疑っていたら始まらない。それにアカリが言うのだからたしかなのだろう。

となると、本気を出して戦っても大丈夫かもな。

「創造召喚」

　俺は小さな声で呟き、拳銃（けんじゅう）を二丁、いつものように召喚した。

　そのまま身体強化を使って拳銃をＭＰで覆い、力を与える。この武器強化は、身体強化の訓練中に偶然見つけた技だ。身体強化で魔法が強化されるなら、武器も強化できるのではと思いつき試したところ、あっさりと強化できたのだ。ただしこれは、身体強化をある程度コントロールできないと使えない技のようで、エリたちは使うことができなかった。

「ほぉ～」

　俺の手にある武器を見たゼノンは、興味を持ったようだ。

　シズカの方はといえば、こちらを睨みつけていた。いや、正確には、拳銃を凝視（ぎょうし）している。

　……そこで俺は気づいてしまった。

「ねえ、店長さん」

　シズカがゆっくりと口を開く。

　彼女は召喚された勇者だ。魔王を倒して平和を取り戻すため、異世界から呼び出されたという。つまりだ……

「日本から来た？」

俺の素性がすぐにバレてしまった。

「なんのことだろうか？」

「隠しても無駄。この世界にない拳銃持ってるし、あのお店も地球のレストランっぽい雰囲気だったし」

今更とぼけても遅かった。

いつもの癖で拳銃を取り出してしまったのは、どう考えても失敗だったな。

「……そうだ。俺も日本からきた」

バレたなら開き直るしかない。

隠すのを諦めた俺の言葉に対して、シズカが日本から召喚されたということを知っているのだろう、勇者一行の反応は様々だった。フウカは目をまん丸にして驚いているし、フルアーマーの男性もわずかに目を見開いている。そしてゼノンの爺さんは、目を細めてこちらを凝視していた。怖いんだけど。

「そう。それなら戦う前に聞いておくわ」

シズカは相変わらずこちらを睨みつけたままだ。

「あなたも勇者？」

「違う。俺はいつの間にかここに連れてこられた、ただの料理人だ」

「そう。それならよかった」

シズカが少し安堵(あんど)したような顔になった。しかしその顔は、一瞬で元の険(けわ)しい表情に戻る。何に安堵したのかわからないが、俺はあえて聞かないことにした。

誰にだって知られたくないことは一つや二つあるものだ。相手が話すのを待つのも選択肢の一つだろう。無理に聞く必要はない。

俺とシズカが睨み合っていると、ゼノンが声をあげる。

「さて、準備ができたようじゃな。そろそろ始めようかの」

「そうね、そうしましょう」

「やっぱり、やらないといけないのか……」

「師匠。覚悟を決めたのでしょう。しっかりしてくださいね」

俺は手に持っていた拳銃を構える。弾については、武器強化を身につけた際に、ＭＰから作った魔力弾を無限に出すことができるようになっていた。

「我、この決闘、仕切ろうぞ」

勇者一行にいたフルアーマーのやつが初めてしゃべった。言葉が片言(かたこと)っぽいから、ここまでしゃべらなかったのだろう。

「では、構えて」

「ゼノン。足を引っ張ったら許さないから」

「ほっほっほっ。それは困ったのう。ちと、本気を出すかの」

「アカリ、援護(えんご)を頼んだ」

「任せてください」

すっとフルアーマーの彼が手をあげる。

「はじめ‼」

手が振り下ろされると同時に、決闘が始まった。


私は、目の前に立っている、同じ世界から来た青年を見る。

ついさっき、この青年が店長を務めているというレストランに入った瞬間、辺りが静まりかえった。その場にいた客が、こちらを見た瞬間に黙ってしまったのだ。実はこれは、いつものことだった。

ゼノン曰(いわ)く、どうやら私からは、勇者であることがすぐにわかるような、威圧にも近いオーラが出ているらしい。これが作用して、店に入るだけでも注目を集め、周囲が静まりかえってしまう。そして決まって、数秒の沈黙の後に、勇者が来たと騒がれるのだ。

さっきも、そうやっていつものように、数秒間は静かになるはずだった。

なのに目の前の料理人だけは、一瞬も止まることなく、こちらを見て近づいてきたのだ。

これはタダ者ではないと思い、私はその青年、シンにこの店の店長について聞いた。

そんな私の問いに、自分が店長だと答えたシン。

それなら都合が良いと、シンにこの店にいる空間魔法の使い手を旅に同行させたいと伝えたが、帰ってきたのは拒絶の言葉だった。

自分が勇者だから絶対に正しいだなんて言うつもりもないが、まさか拒絶されるとは思わなかった。

それに拒絶の理由も理由だった。

従業員で弟子だから。たったそれだけの理由。従業員が減るのは店にとって痛手だというのはわかるが、魔王を倒す勇者の旅よりも重要なことではないだろう。

この時、私は少し冷静さを欠いていたかもしれない。思わず、腰の刀を抜いてシンの首筋に寸止めしてしまったのだ。

しかし、シンはそんな状態にもかかわらずただ冷静に刀を下げるように言ってきた。ここで初めて彼の強さが見えたような気がした。

それと同時に、戦いたいという気持ちも芽生える。異世界に来てから戦ってばかりだったため、強い人を見ると戦いたくなるようになっていた。

その気持ちを何とか抑えたところに丁度、目的の人物が出てきた。いくら店長でも個人の希望ならどうすることもできない。そう考え、すぐに当初の目的だった空間魔法使いであるアカリに、旅に同行するように言う。しかし、彼女の答えも、シンと同じく拒絶だった。さらにその理由も全く同じ……私の中で、何か切れたような気がした。

ガキンッ‼

思わず、シンに向けて刀を振るっていた。

しかしそれを、シンは軽々と受け止めてみせた。しかも手加減していたとはいえ、武器を使わず、素手でだ。やっぱりシンは強い人物だと確信した。ゼノンも感心したようにシンを見ている。

この時点で、戦う欲求を抑えることは不可能だと悟った。なんでもいいから理由をつけて勝負に持ち込みたい。

その後はゼノンによる交渉の末、決闘に持ってくることができた。二対二の決闘になったが問題ない。ゼノンの力は知っているから不安はないし、アカリの空間魔法にも興味があった。

決闘の準備をしている時、シンが魔法を使った。何もなかった手に、突然物が出現したのだ。そしてその手にある物は、私にとって信じられないものだった。

――この世界にないはずの、拳銃だったのだ。

そこで私は何となくシンの正体がわかってしまった。拳銃を凝視する。うん、間違いなく拳銃だ。この異世界にあるはずのないもの。そして私は口を開く。

「ねえ、店長さん」

まっすぐシンを見た。

「日本から来た？」

ここまでの証拠があれば、日本人なら誰だって気づいてしまう。言い逃れなどはできない。

そのことに気づいたのか、シンは観念したように日本から来たことを告げた。

同じ日本人がいたことを、私は嬉しく思った。私だけがこの世界に来たわけではないということに安心もした。

しかし、それと同時に不安にもなってしまった。何故、シンがこの異世界にいるのか。その理由が不明だった。

私は勇者として、魔王を倒すためにこの世界に呼ばれた。地球に未練がないわけはない。

その未練を捨ててまで勇者として働くと決めたのに、もし目の前のシンも勇者ならば、勇者が二人いることになる。自分こそが勇者、そう思っていた私は、何のために未練を捨てたのかわからなくなる……そういう不安だった。

「あなたも勇者？」

その不安を隠すため、睨みつけながら聞く。

「違う。俺はいつの間にかここに連れてこられた、ただの料理人だ」

「そう。それならよかった」

私はシンの返事を聞いて安堵した。私が勇者である意味はまだあるのだ。そして同時に、これで心置きなく戦える、とも思った。

全員の準備が整い、決闘開始の合図を待つ。作戦などは決めていない。後は行き当たりばったりだ。

「はじめ！」

決闘の合図とともに、私は誰よりも早く飛び出し、腰に納めていた刀を抜き振るった。

———

まず先手を取ったのは、やはり勇者のシズカだった。腰に収めていた刀は既に抜かれており、まっすぐ俺たちに向かってくる。

シズカが刀を振ったのは、俺たちから一〇メートル前後離れた位置だった。どう考えても攻撃が届くはずがないのだが、刀の軌跡の形をした斬撃が飛んできて、俺は驚きの声をあげる。予想外の攻撃を、ぎりぎり服を掠めるぐらいでかわす。いきなりやってくれる。

「わしから視線を外したらいかんよ」

間髪を容れずに、ゼノンの爺さんの声がした方に振り向く。爺さんから目線を外したのは、斬撃を避けるための一瞬だけだった。しかしその一瞬で、ゼノンの爺さんの背後に何十個もの魔法陣が浮かんでいる。

「嘘だろ」

俺は思わず言葉をこぼす。

宙に浮く全ての魔法陣が、攻撃用の魔法陣だった。それを一瞬で完成させるゼノンの爺さんの実力は、賢者と言われてもおかしくないほどだろう。

軽く杖を振るだけで、空中に浮かんでいた魔法陣が全て起動する。魔法陣から火・水・雷・岩など何種類もの魔法が俺に向かって飛んできた。

しかも、なんの嫌がらせか、魔法は全て俺に向かって飛んできていて、アカリの方には飛んでいない。

あまりの攻撃の密度に、避けるスペースなど見つけることができなかった。後ろに跳ぼうにも、おそらく間に合わない。それならば、ダメージを最小限にするべく防御の姿勢に入った。

そのまま、魔法の嵐が俺に襲いかかる。あっと言う間に魔法に呑みこまれるかと思った俺だったが、頼りになる弟子がいたことを思い出す。

魔法が着弾すると同時に、俺の立っていた場所から少し離れた場所にいたアカリの横で空間が歪んだかと思うと、いつの間にかその場所に俺は立っていた。

「助かった、アカリ」

「いえ、僕は空間魔法しか使えないのでこんなことしかできません」

「ほうほう」

「あれが空間魔法なのね」

アカリにお礼を言った俺は、シズカの方に体を向ける。

シズカ達はアカリの魔法を見て感心していた。実は俺も、空間魔法にこのような使い方があることを初めて知って内心驚いていた。これは空気を読んで口にはしないけど。

「まだまだ、これからだ」

「あらそう？　こっちもまだ様子見のつもりなのだけれど」

「そうかい。なら、その油断が命取りだぜ」

俺はにやりと不敵に笑った。

俺が戦闘時にできることと言えば、二つしかない。

一つは身体強化、もう一つは殺気だ。この二つの武器で戦うしかないのだ。

創造召喚で取り寄せた拳銃も使えるが、柔軟性を考えると身体強化には敵わない。しかもシズカレベルになると、魔力弾などすぐに見切られてしまうだろう。

だから、あらかじめ布石を打っておいた。

バンッ‼

俺が拳銃を構え魔力弾を上空に放つと、シズカ達の目線が上に誘導される。

おいおい、視線を外すなよ。さっき爺さん自身が言ってただろ？

俺はこの一瞬の隙を利用して、身体強化を足に集中、地面を踏みしめシズカの懐に飛び込んだ。

「お返しだ‼」

「ふん、甘いわ！」

俺は腰元に拳銃をしまうと、創造召喚で刀を取り寄せ、そのまま切りかかる。素人丸出しの振り方だったため、あっさりと回避したシズカには届かなかった。

だが、そこで終わりではない。

「お返しと言っただろう」

「くっ、これは‼」

俺の振るった刀から、斬撃が飛ぶ。

さっきのシズカの攻撃を、そのまま再現したのだ。

決闘が始まる前、俺はあらかじめ身体強化を目に集中して魔力眼を発動し、魔力の流れを見ていた。魔力の流れさえ見ることができれば、再現は可能だ。

いくら剣術とはいえ、何かを飛ばしてる以上、何かしら魔力が絡んでくるものなのだ。再現することは簡単だった。

ガキンッ‼

さすが勇者と言うべきか、体勢が崩れているにもかかわらず、斬撃をしっかり刀で受けた。多少はダメージを受けたみたいだが、余裕の表情だ。平然と立ってやがる。

「あなた、本当に勇者じゃないの？」

「断じて違う」

「そう……ならいいけど……」

「ほっほっほっ。油断しすぎじゃわい」

隙を窺っていたのだろう、ゼノンが声をあげ、攻撃を仕掛けてくる。俺が立っている足元に、魔法陣が浮かび上がった。

「炎柱煉獄（えんちゅうれんごく）」

足元から炎の柱が何本も噴き出す。

俺が防ぎきれずに少しやけどを負（お）ったところで、俺の周囲の空間が歪む。気がつけば、またしてもアカリの隣にいた。

「また、おぬしか……空間魔法とは便利じゃの」

どこか楽しそうなゼノンに、アカリが答える。

「ゼノンさんも、魔法が多種多彩（たしゅたさい）ですね」

「ほっほっほっ。褒めても何も出んぞ」

アカリがいてこそ、何とか敵の攻撃を避けながら戦えている感じだな。

おそらく、空間魔法で対象を選択した後に、転送先を別空間ではなくこの空間の別の座標（ざひょう）に設定することで、瞬間移動させているのだろう。俺もいずれ、空間魔法に慣れてくれば使えるようになるかもしれない。

「さっきは油断したわ。でも、同じ過（あやま）ちは繰り返さない」

「できれば、お手柔らかにしてほしいのだが……」

シズカは刀を鞘に収めると、姿勢を低くした。しっかりと柄を握っており、居合切りでも放ちそうな雰囲気だ。

シズカが構えてから数十秒、誰も動かない時間が続いた。

こちらから動けば、攻撃してくるのは明白だ。俺たちは二人の様子を見ながら思考を巡らせる。

相手は相手で、シズカは構えたまま、ゼノンの爺さんはこちらを見ながらニコニコしていた。あの笑顔がなんとも不気味である。

「アカリ、俺を二人のいるあたりに送ることは可能か？」

「移動させること自体は、そんなに難しくありません」

「そうか……なら、シズカの真後ろに転移させてくれないか？」

「できますが、ゼノンさんが動くと思いますよ？」

アカリは不安そうに言ってくる。

「大丈夫だ。何とかする。転移さえさせてくれれば大丈夫だ。誰かが何かしない限り、この状況は動かないからな」

「わかりました師匠。頼みます」

頷いたアカリが空間魔法を使用すると、その動きを察知したゼノンの爺さんが杖を振るい、一瞬にして大量の魔法陣を展開する。

そして先ほどと同じように、様々な魔法が発動し、今度はアカリに襲いかかった。

「その技もらうぜ」

狙い通りの展開に、俺は思わず声をあげる。

先ほどはあまりの量に驚いて見切ることができなかったが、ゼノンの爺さんの発動した大量の魔法陣を、今回は確かに魔力眼で確認することができた。

一つの術式を中心に、いくつもの魔法陣が発動している。どうやらその中心の術式が、多重同時展開に重要なようだった。

かなり高等な術式のようだが、魔力眼を使っている俺にとっては、真似るのは簡単だ。同時に他の魔法もコピーし、炎魔法以外の魔法も放てるようにする。

解析を終えた俺は、手を広げて魔法を発動。俺の頭上には、ゼノンの爺さんと変わらない量の魔法陣が浮かび上がった。

「ほっほっほっ。おぬしには驚かされてばかりじゃの」

「いけ!!」

爺さんの軽口を無視して、俺は魔法を放った。

大量の魔法同士がぶつかり合う。

あくまでも真似なので魔法陣の数は同等で、さらに、威力までも同じだったのか、敵の魔法がこちらまで飛んでくることはなかった。

これこそ、俺が狙っていた状態だ。俺たちとシズカたちの丁度中間で大量の魔法がぶつかり合うことで、視界をさえぎるように煙が立ち込める。

「ゼノンの爺さんはアカリに任せる。俺がシズカを片付けるまで、時間を稼いでくれ」

「了解です、師匠」

その言葉と同時、俺の周りの空間が歪み、視界が切り替わる。俺が出てきたのは、シズカの丁度真後ろ。アカリはピンポイントの転移に成功していた。

「もらった‼」

俺はそう叫びながら、足に身体強化をかけ、シズカに向かって一歩踏み出す。

シズカは未だに体勢を変えておらず、刀に手を添えて腰を低くした状態だった。

俺のことなど多分気づいていないはず。俺は飛んでいる間に刀に手をかけ、近づいたと同時に鞘から刀を抜いて切りつけた。

――ブンっ‼

しかし、俺の刀が空を切った。何が起こったのだ。切りつけたと同時に、目の前からシズカが消えていた。

それだけではない。

「グハッ‼」

わき腹に鋭い痛み。いつの間にか、逆に切りつけられていた。

思わず傷口を押さえて膝をついてしまった俺の後ろで、着地するような軽い音とともに、シズカが立った気配があった。すかさず俺は振り向き、膝をついたままで刀を構える。

つい今さっきまでは俺が後ろを取っていたのに、いつの間にか立場が逆転していた。

こうしている間に立ち上っていた煙がなくなり、アカリからもこちらの状況が見えるようになった。

「師匠‼」

俺の状態に気づいたアカリが魔法を発動しようとするが、その目の前に火の玉が落ちてきたため、魔法の発動をキャンセルする。

「手は出させせんぞ」

ゼノンの爺さんが、俺の手助けなど許すはずもなかった。

アカリにはゼノンの爺さんの相手を頼んでいたが、これでは逆に、アカリが爺さんに足止めをされている状況になってしまっていた。

「まだまだね。あれだけしっかり構えている私の状態を見て攻撃してくるなんて、冒険者としては初心者もいいところよ。もっと警戒しないと」

そう言いつつ、一歩、更に一歩と足音を立てながら、シズカが近づいてくる。

それはまるで悪魔の足音のようで……敗北が着実に近づいていた。

このままではまずい。この状態から、どうやったら勝てるか、それだけを考える。

アカリはただの従業員じゃないんだ。俺の料理人としての弟子で、魔法使いとしての弟子だ。こんなところで失うわけにはいかない。

ゆっくりとシズカが近づいてくるが、どこかに隙は必ずあるはずだ。現にこうやって考える時間がある。すぐにトドメをさせばいいものを、油断しているのだ。

高速で頭を回転させ、あらためて戦況を確認する。

さっきまで有利に立っていたと思っていたのに、その実はまんまと相手の罠に踊らされていた。少し腹立たしいが、ここは相手の力量が上だったと思うしかない。

アカリは現在、ゼノンの爺さんと対峙中。こちらに加勢したいと思っているようだが、ゼノンの爺さんの方が上手なようで、こちらに近づくことさえ許してもらえていなかった。

俺の手持ちの武器は、刀が一本と拳銃が二丁。他の武器も創造召喚で持ってくることができるが、俺が動けばすぐにシズカも動くだろうから、魔法を発動させる時間はないはず。

そう考えると、腰に差し込んでいる拳銃を抜くことすら許されなさそうだ。よって、手にしている刀で戦わなくてはいけない。

「ハハッ」

状況は絶望的だ。それなのに何故か笑いがこぼれた。楽しい？　いや、そんなはずはない。武者震い（むしゃぶるい）に近い、興奮している状態なのだろう。

今この瞬間、俺は何をしなくてはいけないのかを必死で考える。

俺がわき腹の痛みをこらえながら立ち上がると、シズカが歩みを止めた。

「覚悟は決まりました？」

既にシズカと俺の距離は、あとわずかというところまで近づいていた。逃げようとしても、すぐに捕まるだろう。

「覚悟も何も、決闘はまだ終わってないぜ」

「冗談でしょう？　その状態で何をするのですか？　いくら後で回復してもらえるといっても、ダメージは受けるのですよ？」

「知ったことではない」

「素直に降参（こうさん）した方が……」

「俺はアカリの師匠だ‼」

俺はそう叫びながら、一歩を踏み出す。

「従業員だから？ 店のため？ いや、それだけじゃない。俺は、師匠として慕ってくれるアカリに、戦う姿を見せなくてはいけない‼」

「師匠……」

「降参する師匠がいたらおかしいだろ？」

アカリが感動した様子でこちらを見てくる。

俺の料理を食べて、魔法を見て、慕ってくれるのだ。俺の真実を知ってもなお、弟子としていてくれるのだ。

料理を褒められて、弟子入りしたいと言ってもらえて、正直嬉しかった。同じ物を作りたいと思ってくれることが、本当に嬉しかった。

それが魔王討伐ということで連れて行かれる？ 冗談じゃない。

まだ、教えていないことがたくさんあるのだ。連れて行かせるわけにはいかない。

「そうですか……」

俺の決意を目の当たりにしたシズカが、収めていた刀の柄に手をかけた。

「なら、魔王討伐のために一度死んでください」

身体強化もしていない、純粋な身体能力のみを使ったダッシュにもかかわらず、俺の身

体強化と同じぐらいのスピードで懐に入ってくる。鞘から刀を抜こうとして……

「……勇者じゃないのよね？」

「もちろんだとも」

「じゃあ、魔王？」

「何を冗談を……俺は異世界から来ただけの、ただの料理人だ」

抜く直前でシズカの動きが止まっていた。

シズカだけではない。この部屋にいる全員が首から下を動かせず、ただ、俺とシズカの声だけが響いていた。

俺が戦いでできることは二つ。ここまでの戦闘で使っていた、身体強化。そしてもう一つが――

殺気。

シズカを含めた勇者一行の動きを止めることができるほどの殺気は、怪我を負ってＭＰのコントロールが乱れている今の俺が放てる、ギリギリの力だった。

勇者一行の動きを止めたことで、この決闘は一気に終局（しゅうきょく）へと向かう。

「少し歯を食いしばってくれよ」

「お手柔らかにお願いするわ」

「少しは手加減するさ」

そんな軽口を叩きながら、刀を捨てて拳に身体強化を集中させた俺は、シズカを殴った。思いっきり飛んでいったシズカは、壁に激突して止まった。きっと死んではいないだろう。ていうかこの空間、壁あったんだな。

シズカを殴り飛ばした俺は、ゼノンの爺さんの方を向く。身動きが取れずしかめっ面をしていたゼノンだったが、俺が一歩近づくと……

「降参じゃ」

あっさりと白旗を掲げた。これにより決闘が終了。

俺の正体がバレたり、魔法を見せてしまったりと、多くの犠牲を払ったが、何とか勝利することができた。これでアカリを連れて行かれずに済む。

「さて、なんて説明しようかな……」

殺気を解除されて体の自由を取り戻すと、すぐにシズカのもとに駆け寄る勇者一行。そんな彼らを見つめて、俺は呟く。

殺気の反動で、手の痺れも酷いし……今日は散々な一日だったな。そう思いながら、俺は魔法について追及された時の言いわけを考えるのだった。

「あの……そろそろ店に戻してもらってもいいですか？」

勇者一行がシズカに駆け寄ってから数分。俺の怪我も治してもらいつつ、シズカにある程度の治療を施したのを見計らって、ゼノンの爺さんに声をかける。

シズカはまだ意識を失ったままだが、怪我は全て治っているようだ。さすが、勇者パーティの回復役だ。

「うむ、そうじゃな。そろそろだと思うのじゃが……」

「そろそろとは？」

バキッ‼

言葉の意味を聞こうとした時、何かが割れていくような音とともに、白い空間にひびが入った。そのひびはどんどん広がって、部屋全体を覆っていき――そして、割れた。

バキンッ、という大きな音がしたかと思うと、部屋全体を閃光が襲う。

そのあまりの眩しさに、思わず目を閉じ、顔を覆った。

そして光が弱くなったのを確認して目を開けると、そこにはいつものレストランの風景があった。

「シン様。お怪我はありませんか？」

エリがこちらに気づいて駆け寄ってくる。

「怪我はないが……」

「ないが……？」

不思議な感覚が俺を襲っていた。

周囲を見渡すと、俺たちがあの空間に飛ばされる前と、一切変わりないように見える。

エリに聞いてみると、どうやら俺たちは消えていたわけではなく、一瞬光に包まれただけで、また同じ場所に立っていたというのだ。

三〇分近く戦っていたにもかかわらず、である。

……つまり、あの空間から戻ってくる際、俺たちが戦っていた時間さえ戻っていたのだ。

「いったいこれは……？」

「それよりもレストランが先ではないかのう……」

俺はゼノンの爺さんに理由を聞こうとするが、その言葉をさえぎるようにして爺さんが呟く。

さっきと変わらない顔ぶれのお客様たちが、こちらを見ていた。

今はもやもやした気持ちを抑えて、お客様への対応を優先させることにする。

「すみません。大変お騒がせいたしました。お詫びとして、全席にコーヒーのサービスをさせていただきます」

そう俺が口にすると、お客様は納得したように、こちらから目線をそらした。

「エリ、全席にコーヒーを頼む。それと今日は、これで営業終了だ。新規のお客様は案内せず、今いるお客様だけに対応してくれ」

「……わかりました」

「それじゃあ、後は頼む。料理はアカリに頼んでおくから、お客様が帰って片付けが済んだら、俺の部屋に来てくれ。俺はこの人たちと話をしておく」

なんとなく状況を察したのか、エリは素直に頷いてくれた。夫としては、こういう時に全てを説明しなくても手助けしてくれる妻であることが嬉しい。支え合っている、意思が通じ合っているって感じがするからな。

「それでは行きましょうか、勇者一行殿。こちらです」

俺は丁寧な口調を心がけて、自分の部屋に勇者一行を案内した。シズカはまだ気絶状態だったので、無口なフルアーマーさんが担いで運んでいた。

13

「さて、きっちり説明をしてほしいんだが」

「それはこちらも同じじゃの。まさか、こんな化け物がいるとは思いもよらなかったわい」

テーブルを挟んで向かい合った俺たちは話を再開する。さっきまでの丁寧な口調も何もない。

あれは他のお客様の前だからとった態度であり、今ここにいるのは俺たちだけだ。

俺にとって勇者一行は、もはやお客様ではなく、店に害を与えるだけの邪魔な存在になっていた。

「そちらから教えてくれよ」

「そっちが先じゃないかの」

お互い牽制(けんせい)をしつつ、ニコニコと笑っている。情報は重要な戦力。譲るわけにもいかない。ゼノンの爺さんもそのことは充分承知(しょうち)のようだ。

「こちらは店に損害が出るんだ。そちらが先なのでは？」

「うむ……そこをつかれてしまうと何も言えないのう」

やられた、そんな顔をしたゼノンの爺さんは、覚悟を決めたかのように笑みを消した。

「魔法でやられて、言葉でも勝てぬか……自信をなくしてしまうのう。して、何を聞きたい？」

愚痴をこぼしながらも、一応答えてくれるようだ。

やはりと言うべきか、勇者一行のブレイン的存在は、このゼノンの爺さんみたいだな。

僧侶のフウカはずっとあたふたして落ち着きがないし、フルアーマーの男性は決闘開始の時以来一言もしゃべらない。勇者はまあ……あれだし。クール系を装っているみたいだが、戦闘狂だしなんだかバカそうだった。

「そうだな……ざっくりになるが、俺が聞きたいのは三つだ」

「欲張りなやつじゃのう」

ゼノンの爺さんがあきれたような顔をするが、無視して話を進める。

「一つ目は、俺たちをあの空間に連れて行った魔法について。二つ目はシズカが、というより勇者が召喚された理由。三つ目は、魔王とは勇者一行にとってはどんな存在で、いったい何者なのか。こんなところだな」

最低でもこの三つは答えてもらう。

「仕方ないのう、答えてやるわい」

そう言いながら、ゼノンの爺さんは素直に三つの質問に答えてくれた。

「まずは魔法についてじゃな。本来なら自分の魔法を教えるものではないのじゃが、今回は特別じゃ」

言われてみればそうである。

基本的な、初歩レベルの魔法は隠していてもしょうがないが、特別な魔法の場合は切り札(ふだ)として隠すべきだ。

どんな魔法なのかバレてしまったとしても、どのように発動しているのかは秘密にしないと、弱点になるかもしれないし、下手(へた)をすれば誰かに真似されるかもしれない……それは避けたい事態だ。

「さて、質問にあった魔法じゃが、あの魔法の名前は完全密室(かんぜんみっしつ)。先ほどもちらっと言ったが、発動はこの杖が行っている」

「杖が？」

「そうじゃ。体験してわかっていると思うが、この魔法は空間魔法が使われておる」

ゼノンの爺さんは頷きながら、杖を見せてくる。

別の空間に移動させる。確かにそれは空間魔法の一種だろう。しかし現在、空間魔法はアカリしか使い手がいなかったはずだ。

「どうして空間魔法が使えるのか？　といった顔をしておるな。繰り返しになるが、わし自身は空間魔法を使えないからの」

「でも、さっきは空間魔法を使ったと言ったじゃないか」

「うむ、じゃからそれは、この杖が行っておるのじゃ。この杖はアーティファクト、失われし武器の一つなのじゃ」

この世界に来て初めて聞く単語が出てきたな。アーティファクトか……古代の武器や防具のことだったっけ、何かの小説だか漫画だかで見たことあるな。

アーティファクトについて簡単にゼノンに説明してもらったが、確かに古代に作られた道具のことを指しているらしい。そしてそのほとんどが強い力を持っており、使う人を選ぶとされている。地球で聞いたことのあるものと同じ認識でよさそうだな。

「発動条件は？」

「魔力を込めて地面を数度叩くこと。その際、空間から出る時の条件を設定する必要があるの」

「念のため確認しておきたいのだが、その空間にいる間、時間の流れはどうなるんだ？」

「中でどれだけ過ごしても、外の時間は一切経過しないのう」

破格の効果だな。発動するのも簡単で、何より時間が経過しないのは異常だ。

今俺とアカリが使っている空間魔法は別空間の内部の時間を止めるものだが、この杖は正反対の効果を持っているということだな。

「弱点はないのか？」

「強いて言うならば、条件の設定がめんどくさいところかの。別空間から出る場合は、たとえ発動者であったとしても、あらかじめ設定した条件を満たさなくては出られないのじゃ」

なんて厄介なんだ、設定ミスったら一生出られないんじゃないか？

「そのせいで、強くなるまでという大雑把な設定でシズカを空間に閉じ込めてみたら、向こうで三年も過ごさせてしまったのじゃ。三年も向こうにいたからか、入る前と出た後で性格が変わってしまったしの～」

なるほど、どうしてシズカがあんな性格なのか判明した。元々俺と同じ日本にいたはずのシズカが、なぜバトルジャンキーのように好戦的だったのか理由がわからなかったが、これを聞いたら納得してしまう。そりゃあ、あんな何もない場所に三年もいたら、性格も変わってしまうよな。もはや拷問にしか思えないし、俺には無理だ。

「ちなみにさっきの条件は、決闘を行い決着がつくまでと設定しておいたのじゃ」

なるほど、どうしても戦う流れにならない場合は、ネタバラシをして戦う方向に持っていくつもりだったのか。

「結局は、戦わなくてはいけなかったたってわけか」

「そういうことじゃのう」

してやったりという顔をしたゼノンの爺さん。まんまと踊らされていたようだ。

「魔法についてはわかった。二つ目に移ろう」

「せっかちじゃのう。して、二つ目は、勇者が召喚された理由じゃったな。これは単に魔王討伐のため。それしかないのう」

この答えについては予想していた通りだ。シズカ本人も何度かそう言っていたしな。

しかし、魔王とはいったい何なのか。どうして魔王を倒さなくてはいけないのか。そこがどうしてもわからない。それを聞くために設けたのが三つ目の質問だ。

丁度その時、エリたちが店じまいをして部屋に入ってきた。途中からにはなるが、話を聞いてもらうべきだろう。

「じゃあ三つ目の質問だ。勇者一行にとって、いや、この世界にとって、魔王とは何なんだ？」

「ふむ、また難しい質問じゃのう……魔王とは何か、これには様々な意見がある。今から答えるのはあくまでもわしの意見じゃが、それでもいいかの？」

「ああ、かまわない」

俺の返事に頷いたゼノンの爺さんは、語り始める。

「魔王とは一般に、この世界の闇の根源であるとされておる。全てを呑み込む闇を操り、モンスターを生み出し、従える。じゃから、魔王を倒せばモンスターが生まれなくなると言われておる。しかし、わしらは別の可能性に思い至ったのじゃ。魔王はモンスターを生み出すものではなく、ただ単に魔族たちのトップであるだけではないかと。わしらでいうならば、国王といったところじゃな」

「魔族とは？」

聞き慣れない言葉に、俺はゼノンに問いかける。

「魔族とは、魔物と人間の中間のような存在じゃ。獣の特徴を持つ獣人族の、魔物バージョンじゃな。基本的に、頭に角が生えており、禍々しい魔力を持つ。さらにわしら人間とは魔力の質が違うのか、いとも簡単に魔法を使うのじゃ。レベル３の魔法を使える者が、うじゃうじゃいるようじゃの。そのかわりと言うべきか、数は人間よりはるかに少ないがの」

「なるほどな。そのトップが魔王であると？」

「うむ、そう考えておる」

魔族たちのトップか……となると、ただ単にトップを倒しても次の魔王が出てくることになるな。それこそ国王のように。

「どうして、世間では魔王がモンスターを生み出すと思われているんだ？」

「宗教の問題かの。この世界において、人間の宗教は一つだけ。神新教のみなのじゃ。人間は全てその宗教を信じておる。獣人族やエルフなど、他の種族はまた別の宗教に入っておるがの。神を愛し、神を尊敬する。そして悪魔を憎み、悪魔を軽蔑する。それがこの宗教の理念じゃ」

わかりやすい宗教だな。尊敬すべき神は尊敬しまくり、敵である悪魔は一切受け入れない。非常に危うく感じるが、この世界ではそれが人間の信じる宗教なのだ。

「その神新教の教典の一部に、こう記されている。悪魔の仲間である魔王はモンスターを操り、人間を殺し回る。ゆえに魔王は敵であると。そこから憶測混じりに話が発展し、魔王を倒せばモンスターがいなくなると信じられるようになっていったのじゃ」

「そんなのただの希望じゃないか」

「その通りじゃの。かくいうわしも、つい最近まではそう思っていたのじゃ。何せ、幼い頃から聞かせられた話じゃったからのう」

　確かに、幼い頃から刷り込まれていれば、それが正しいと思ったまま成長していくだろう。

「しかし、勇者であるシズカにこの世界の常識を教えている時にの、本当に魔王がモンスターを生み出しているのか、根拠がないのではないかと指摘されたのじゃ。確かにあらためて考えてみれば、かなり強引な説じゃし、そもそも教えのみを信じていいのかと、いろいろと疑問が出てきたんじゃよ。それもあって、魔王が本当に敵であるか確認するために、魔王討伐の名目で旅に出たシズカと一緒に旅をしているというわけじゃな」

　なるほど、異世界からやってきたシズカは、この国の宗教に疑問を持ったわけだな。それで、現在旅に出ていると。

　……はて？　アカリを勧誘した時は、魔王を討伐するためとか言って連れて行こうとしていたけど、それはどうしてなんだ？

「さっきアカリを勧誘する時は、そういった説明はしてなかったじゃないか」

「それは仕方のないことじゃよ。周りに大勢の人がいたからの。この説明をしても、異端者として見られるだけじゃ。勇者一行はあくまでも、魔王を討伐するために旅をしている。わしら以外にはそう思ってもらわなくては困るのじゃ」

なるほどな。シズカはいい理解者たちと旅をしているようじゃないか。だからといってアカリを旅に連れて行っていいかどうかは別の話だがな。

俺が納得して頷いていると、ゼノンが声をかけてきた。

「質問は以上かの？」

「ああ、聞きたいことは聞けた。ありがとう」

「そうかそうか、それならよかったわい」

そう言いながら、ゼノンの爺さんの口端がつりあがった。

「では、次はこちらが質問する番じゃの。三つ答えたのじゃから、こちらからも三つ、聞かせてもらうぞ」

やっぱりか。どうりで素直に答えてくれていると思ったんだ。知りたいことは知れたからいいんだけどさ……

さて、いったい何を聞かれるのか……ゼノンの爺さんの笑みが恐ろしく見えるな。

「そうじゃの……では、一つ目の質問じゃ。わしの魔法をコピーした方法から教えてもらおうかのう」

ゼノンの爺さんは髭を撫でながらそう口にした。どんな質問をしてくるか構えていたのだが、これなら答えてもそこまで問題ないだろう。

「魔力眼という魔法を使ったんだ」

「ほぉ～、初めて聞く魔法じゃの、オリジナルかのう？　……して、その魔法の仕組みは？」

「やり方は簡単……」

「シン様。答えてはいけません」

　俺が答えようとしたところで、エリが口をはさんできた。

「答えてはいけないとは、どういうことだ？」

「私は最近、この世界の常識に疎いシン様をいつでも助けられるよう、一般常識についての本をあらためて読んでいます」

「ああ、夜に読んでいたやつか」

「知ってたのですか？」

「それはもちろん。俺の妻のことだからね」

「シン様……」

　少し前から、エリが毎晩ごそごそと何かしていたことは知っていた。しかし、俺に隠れるようにしていたので無理に探るのも悪いかと思い、あまり立ち入らないようにしていた。手には本を持っていたので何かを調べているのはわかっていたのだが、そういうことだったのか。

「お二人さん。話の途中だニャ」

俺とエリが見つめ合っていたところに、ルミが割って入る。

はっと気づいた時には、ゼノンの爺さんがにやにやしており、フウカは顔を赤くして俯いていた。お恥ずかしい。

コホン、と軽く咳払いをした俺は、エリにあらためて質問する。

「それで、どうしてダメなんだ？」

「はい。魔法に関しては、いくつか法律があります。その中の一つに、『魔法を作った場合、魔法を作ったものがその所有者となり、いかなる場合であっても、他者はその発動魔法や仕組みを強要して聞き出してはならない』という一文があるのです」

「なるほどな」

いろいろ教えてもらったし、魔力眼を教えるくらいなら損害もないだろうしいいかな、と思っていたのだが、そんな法律があったのか。自発的に教える分にはかまわないはずだし、個人的には教えてもいいのだが、エリが止めるということは教えない方がいいのだろう。

「よくご存じですな……お嬢ちゃん」

ゼノンの爺さんがにこやかに微笑む。やっぱり侮れないな、この爺さん。

様子を見る限り、この法律を知った上で聞き出そうとしていたんだろう。頭キレッキレじゃないか。頭脳戦なんてしたらすぐに負けそうだな。

「これを聞いたら答えられませんよ？」

「しょうがないのう、次の質問に移るかの」

質問二つ目だな。答えられるようなものならいいが……

「して、おぬしのメインとなる魔法は何じゃ？　身体強化でも、その魔力眼とやらでもない魔法を使っていたじゃろう？」

はい、きました。核心をつく質問です。

本来なら答えるのを避けるべきだが、俺が勇者と同じ世界から来たことは既に彼らにはバレているので、どんな魔法か教えるくらいなら問題ないだろう。

「シン様……それは」

「いや、これはちゃんと答えないとな。ゼノンもこっちの質問に答えてくれたんだ、二つも答えないっていうのは避けたいだろ？　それに、この魔法は俺が作ったわけでもないから、さっきの法律は関係ないさ」

エリが止めようとしてくるが、俺は正直に答えることにした。

どんな魔法か教えても、どうせ俺以外には使えないんだ。

「戦いの最中の会話で知ったと思うが、俺はそこで寝ている勇者と同じ場所から来たんだ。そして俺の魔法は創造召喚。俺がいた世界にある物を、こちらの世界に持ってくる魔法だ」

「なるほどの……その腰にある二つの黒い物体も、あちらの世界の武器ということかの」

「そうだな」

俺は腰に提げている拳銃を見てから答えた。俺は決闘の時の格好のまま、着替えていない。右腰には二丁の拳銃。左腰には刀を帯びており、念のためにいつでも使えるようにしていた。

「確認じゃが、勇者ではないのじゃな」

「勇者ではないな」

「では、魔王か？」

「ただの料理人だ」

何これ、さっきもシズカから同じこと聞かれたんだけど。俺ってそんなに怪しいのか？

地味に傷つく。

「では、最後の質問じゃの、ＭＰについて聞こうと思っていたのじゃが……」

ドキッとする。それはできれば聞いてほしくない部分だ。

「それはやめるとして、代わりに頼みたいことがあるのじゃ」

やめるという言葉にほっとしたが、頼みごとか。内容次第では、ＭＰについて聞かれるよりも大変なことになりそうだな。

「頼みとは？」

「ご飯を作ってくれないかの？」

まさかのお願いごとだった。

14

予想外のお願いに、俺は思わず聞き返してしまう。

「はい？」

「ご飯を作ってくれないかの？　わしの仲間が、お腹を空(す)かせてるみたいなんじゃよ」

ゼノンのその言葉と同時に、ク〜、という可愛い音が鳴った。

音の発生源は、僧侶のフウカのお腹だった。小さくて食いしん坊。すごい濃いキャラだな……その一方でフルアーマーの人は、さっきから一切動かない。

「ご覧の通りじゃ」

「そうですね……」

確かに時間も時間だし、お腹が空いてきてもおかしくない。加えて、回復魔法を使うとお腹の減りが早くなるらしい。

同じく回復魔法を使うエリによると、回復魔法を使うには、集中力と体力を他の魔法の倍近く使うみたいで、そのせいでお腹が減るのでは？　とのことだった。

「それでいいなら、いいですよ」

まあ、断る理由はないし、これで質問が終わることになるのだ。ご飯を作るくらい、お安い御用である。

「それじゃあ、少し待っていてください。作ってきますので……」

俺が立ち上がり、部屋を出ようとすると、アカリも立ち上がってついてこようとする。

「僕も手伝います」

「いや、アカリはここで待っていてくれ。エリたちに何かあるかもしれないから、もしものために残ってくれると安心だ」

「わかりました」

これで安全だろう。ゼノンたちにも聞こえていたはずだし、何かすることもないと信じたい。

さて、ああは言ったが、何を作ろうか……俺は考えを巡らせながら、厨房へと足を運ぶ。

結局、厨房に着くまでに何も思い浮かばなかった。どんなものが食べたいかくらい聞いておけばよかったかな。どうしても思い浮かばなかったら、店で普段出している料理が空間魔法の中にまだ残っているし、それとそれにあった料理を出せばいいかな。

そこまで考えた俺は、かぶりを振る。

これは一応、質問の一つの代わりとして頼まれたことだ。相手は俺の質問に全て答えてくれたので、こちらも誠意をもって応じなくてはいけない。そこはしっかりしないとな。

いや、普段の料理が手抜きというわけではないし、作りたてを空間魔法で保存しているので、できたてホヤホヤの状態で食べてもらえる。だが、なんとなく気分的にあらためて手をかけたいと思っているのだ。

と、いうことで考えているのだが……何を作ろうか。

相手に合わせるのも一つの手ではあるな。相手がどんな人間なのか、それを見てから料理を作るのは、基本ではある。料理を出す場所や時間、料理を食べる人、どんなシチュエーションになるのか……それらを考慮し、料理をニーズに合わせていく。

例えば、中学生の通学路になる通りで店を出すとする。そこが高級本格イタリアンだったら、売れるだろうか？

はっきり言おう。売れるはずがない。

その理由は、お店が通学路にあるということ。たとえば、登校時間帯である朝早くから営業するのは現実的でないし、仮に営業しても、朝からそんなものを食べる生徒は少ないはずだ。昼は給食が出るかあるいは弁当を持ってきているだろうし、短い昼休みにわざわざ外まで食べに行かずとも、学食や購買を利用するだろう。帰宅後に家で夕飯を食べることを考えれば、下校中に本格イタリアンレストランに寄ることはなく、仮に何かを食べるにしても、おそらく高級なお店ではなく、もっと安価なお店に行くはずだ。

とにかく、新しくお店を出す場合は、こういった顧客層や人が通る時間帯、どういったものが求められているのかを踏まえてから、出店しなければいけない。

ちなみに、この例の条件なら、お手ごろ価格で簡単に食べられるアイスクリーム屋さんなどがベストだろう。学校終わりに友達とアイス片手に帰る。お腹にも溜まらないし金銭的にも問題ない。

このようなことを考えて営業してこそ、店は繁盛するのだ。

つまるところ、相手に合わせて料理を作ればいいわけだ。

今回の場合、誰をターゲットにするかといえば、一人しかいない。

……そう、勇者のシズカだ。

現時点では気を失っているが、料理を作っている間に目を覚ますだろう。そうなれば、彼女にも食べてもらうことになる。

そのシズカの特徴は、勇者であることはもちろんだが、俺と同じ日本から来ているということだ。となると、やっぱり和食しかない。これでジャンルは決まった。

それでは具体的に、何を作ることにしようか。和食といっても様々な料理がある。

てんぷらやそば、汁物、丼物など、挙げ始めるとキリがない。別の分類を挙げるならば、本膳料理、会席料理、懐石料理、精進料理などだろうか。ちなみにだが、おにぎりも立派な和食だからな。海外でもブームを起こしているほどだ。

そんな様々な種類がある中で、和食としてすぐに挙げられがちなのは、お寿司だ。

日本国内外で高い人気を誇っており、海外ではオリジナルＳＵＳＨＩが生み出されるほどの、和食の定番というイメージだ。そして寿司の定番と言えば、やはり握り寿司だろう。

しかし、握り寿司を作るとなると、問題が二つほど発生する。

一つは、時間がかかること、もう一つは、俺が寿司を握るのに慣れていないことだ。

握り寿司は一つ一つ握っていくため、他の料理よりも時間がかかることは明白だ。人数も多いことだし時間が足りない。それに俺は、そんなにスピーディーに寿司を握れない。ただでさえ握るのが遅いのに、あの人数分の寿司を握るなんてできる気がしない。

一度、寿司職人に握り方を教わったことがある。酢飯を握るところから始め、整え方、握る時間まで美味しくなるタイミングがあり、全てにおいて難しい。

握るのに時間をかけてしまうと、手の熱で魚が傷んでしまうので、テンポ良く綺麗に握ることが重要なのだ。一日やそこらで覚えられる技ではない。現に寿司の職人さんたちは、一〇年ほどの修業によってやっと一人前として握れるようになるという。そんなレベルの高さを要求されるものを、天才でもない俺が作れるわけがないのだ。

では、どうするか……実はこの問題が一気に片付く方法がある。それは、スーパーで売っているような寿司のパックを創造召喚で……嘘です。それはないです。

さてどうしようと悩んだ俺は、すぐにある答えに辿り着いた。

それは、寿司は寿司でもちらし寿司を作るという案だ。

ちらし寿司ならば、握り寿司ほどの時間もかけずに作ることができる。寿司は寿司だし、長らく和食を食べていないシズカにぴったりな料理だろう。

そうと決まれば必要なものを創造召喚で持ってくる。タイにイカ、マグロとサーモンのサク、そしてイクラ。飾りつけと香りづけに使うため、大葉も持ってきた。ちなみに、タイとイカは今すぐさばくため、海の中にいた物を持ってきている。

「よし、それではやりますかね」

決闘で汚れた服からいつもの調理着に着替えた俺は、腕まくりをして呟く。

まずは、ちらし寿司に載せる魚をおろしていく。

今回の場合、マグロとサーモンはサクの状態でこちらに転送したので、後はカットするだけだ。いくら料理人でもマグロをさばける人は中々いないのではないだろうか。いたら、それこそ寿司の職人さんか漁師さん、後は海鮮系のご飯屋さんである。

というわけで、おろす必要があるのは生きたまま召喚してきたタイだけだ。

刺身にするためには、まずは三枚におろす必要がある。タイのおろしかたは、ブリの時と同じだ。三枚に分けたら中骨の部分は避けておき、身の方を切っていく。確か以前は、三枚におろすところまでしかやっていなかったっけ。

さて、三枚におろした魚は、上身・中骨・下身が残る。中骨の部分は出汁を取るなどして、魚一匹を無駄なく使うのが一般的だ。今回は出汁を取っている時間がないので中骨を使った料理は作らないが、頭の部分と一緒に空間魔法で保存しておこう。

さて、ここからの作業は、出刃包丁から柳刃包丁に持ち変える。

三枚におろした身の方には、腹骨がついたままになっているので、まずはこの骨をそぎ落とす必要がある。

腹骨をそぎ落としたら、今度は身をサクにする。タイの身の真ん中に残っている骨は抜くことができないので、このサクを作る際に、血合いと一緒に切ってしまう。

頭側をこちらに向け、包丁で腹身と背身の、二つのブロックを作る。この時、真ん中の骨が腹身側に残るように切ってから、腹身から骨を取るのがよい。この作業を反対側の身も行うことで、四本のサクができ上がる。

次は、皮引きという作業だ。

皮を引く理由の一つは、臭みを取るためだ。今回は、やはり皮に多少の臭みがあるのと、何よりも舌触り（したざわり）がよくないので、皮引きをしていこう。

皮引きは、実はとても簡単だ。サクの尾の方から包丁を入れ、まな板に沿うような角度で滑らせていく。包丁を立てすぎると途中で皮が千切（ちぎ）れてしまうので、そこは注意が必要だな。

さて、皮引きまで終わったら、いよいよ造（つく）りにしていく。

代表的な魚のお造りは、二種類ある。この二つは、これら以外の盛り付けの際の基本にもなる。

一つ目は、平造（ひらづく）り。

厚みがある切り方だ。マグロなどの赤身魚に、この切り方が多く使われる。置き方としては皮上（かわうえ）・向高（むこうだか）といって、皮がついていた方を上に、自分から見て奥の方に身が高い方を置く。そうすることで、包丁を入れた際に切り口が綺麗に見えるのだ。

切る際に注意するのが、包丁の使い方だ。柳刃包丁は、刀身が長く作られているので、身に刃を当てたら、ゆっくり優しく引きながら切る。刃元から刃先までを使い、一気に引き切るのがポイントだ。三徳包丁など普通の家庭にあるような包丁でもかまわないのだが、刀身の長さが足りず、何度も引いて切ることになってしまい、切り口が汚（きたな）くなるので、できれば柳刃包丁を使うのが望ましいだろう。

どの切り身も同じ位の重さになるよう、厚みを調整しながら切っていく。この際、最後はどうしても小さくなってしまいがちなので、しっかり大きく切るようにする。

これで平造りの完成だ。サクの置き方やグラム数、包丁全体を使うことに気をつければ問題なく切ることができるだろう。

二つ目は、そぎ造り。

主に白身魚などに使われる切り方で、尾がついていた方を左に置き、五ミリぐらいの厚さにして、斜めにそぐように切っていく。切った身をくるっと折りたたんで盛り付けることができるのが特徴だ。

使う包丁は、同じく柳刃包丁。というより基本的には、造りを作る際は柳刃包丁しか使わない。

マグロ・サーモンは平造り。タイはそぎ造りで切る。

また、この基本となる二種類の切り方とは別に、薄造りというものもある。フグ刺しのように、皿が透(す)けて見えるほど薄く、しかし身が破(やぶ)れないように切るのだ。切り方自体はそぎ作りと同じなのだが、慣れてないとできない切り方だ。

ちなみに、フグは都道府県の定めた「ふぐ調理師」の免許を取らないとさばくことができないのだが、俺はその免許を持っていない。本当はいつか取ろうと思っていたのだが、異世界に飛ばされてしまったからな。若干ではあるが心残りだ。

さて、これで魚は完成だ。盛り付けは後でやるとして、次の作業に入ろう。

次はイカだ。せっかくということで生きているイカを召喚したので、さばいていきたいと思う。

それにしても、生きたイカはさすがに活(い)きがよかった。いや、むしろよすぎた。さばこうとした俺の顔に、墨(すみ)をぶっかけるほどだった。

いやいや、俺はこれくらいじゃ怒らないさ。

「このやろ、今すぐさばいてやる‼」

俺は怒っていない。怒ってないぞ。

さて、とりあえずイカを綺麗に締めることができた。あれだけ活きがよかったイカは、ピクリとも動かない。

今回のちらし寿司で使う部位は、身の部分のみで、ゲソと呼ばれる足の部分は使わない。造りで使うのは身の白い部分なのだ。

イカのさばき方は、そこまで難しいものではない。最初は俺も難しそうに思っていたが、やってみると簡単だった。

基本となるやり方でさばいていこう。まずはイカをまな板に置き、軟骨（なんこつ）がない方を上に向けて身を開く。その際、イカ墨の入った袋を破らないように注意すること。

開いたらゲソの部分を持って、身から離す。この時に軟骨も一緒に取るようにすればいいだろう。取ったら流水でさっと流す。ここで水にさらしすぎると味が落ちる場合があるので、要注意だ。

次に、イカの耳を取る。実はイカには耳がある。俺も初めてさばき方を教えてもらった時に知った。耳と言っても、上についているあのヒラヒラだ。あれがイカの耳と呼ばれているらしい。その耳をつまみ、耳と身の間に指を入れてから引っ張ると、簡単に取れる。ついでに皮も少しついてくるようだな。

ここまできたら、後は切る作業のみ。身の内側がまな板に接するように置く。これは、切った後でイカの身が内側に反るのを避けるためだ。後はお好みの厚さに切って完成となる。

「よし、これで魚介類は終わりだ」

まな板をしっかり洗って消毒した俺は、次の作業に移る。

次は、卵を焼いていく。ちらし寿司に彩りを加えるための、錦糸卵を作るのだ。

溶いた卵に白だし、みりんを入れて、味を調える。その後しっかりと熱したフライパンに流し入れ、薄焼きを作る。この時、一番弱い火にして、乾かすようにして焼いていくのがポイントだ。ここで強火にしてしまうと、すぐに焦げてしまうからな。

焼き上がったら、フライパンからあげて、冷ましておく。

最後は、酢飯作りだ。寿司にはやっぱり酢飯ではないといけないしな。

というわけで創造召喚。

大きな寿司桶、さらし、しゃもじ、うちわを召喚する。

酢飯を作る前には、寿司桶は一度水で濡らしておく必要がある。こうしないと、桶の木が水分を吸おうとするので、ご飯と酢を混ぜる際に酢を吸ってしまうのだ。

こんなこともあろうかと炊いておいたご飯を別空間から出し、寿司桶に入れる。

酢飯用のご飯を炊く際は、水分を気持ち減らし固めに炊いて、酢を加えてもご飯がびちゃびちゃにならないようにするのがコツだ。

ご飯を寿司桶に入れたら、酢・砂糖・塩を混ぜた合わせ酢を、しゃもじを使いながら全体に満遍なくかける。分量はお米とお酢の比率が一〇：一だ。合わせ酢の味付けについては、各々お好みの分量にすると良い。市販の寿司酢も良いが、自分で合わせ酢を作ることで、自分好みの味を作れるのだ。

合わせ酢をかけ終えたら、ご飯に酢を浸透させるために五秒くらい時間を置いてからかき混ぜ始める。

混ぜる時は、切るように混ぜる。しゃもじを斜めから、大きく掬うようにして混ぜるとうまくいく。素早く混ぜ合わせていき、ご飯の表面がつやつやになったら終わりだ。

その後は人肌ぐらいの温かさになるまでうちわで扇ぐ。

しばらく置いておきたい場合は、濡れたさらしを被せておく。また、冷蔵庫に入れるとせっかくの酢飯が固くなってしまうので、常温に置いた方がいい。今回の場合はすぐに使うので、さらしは被せない。

後は、薄焼き卵を細切りにして錦糸卵にする。切っておいた魚介類と一緒に、一人前用の器に入れたご飯の上に盛り付け、最後に大葉にイクラを盛り付けたら完成だ。

五目ちらしのように野菜などの具材を混ぜ込んでいるわけでもないし、やたらとシンプルすぎて海鮮丼にしか見えないが、酢飯なので海鮮丼とは言えない。ちなみに関東の方では海鮮丼に酢飯を使うこともあるらしく、こうなってくると海鮮丼なのかちらし寿司なのかは、作った人間の気分次第ということで良いのではないだろうか。

うん、海鮮ちらし寿司ってのもあるんだし、これはちらし寿司だと主張しても問題ないだろう。

俺は器を空間魔法で収納し、厨房を出る。こういう時は本当に便利だな、空間魔法。

俺も久しぶりに寿司を食べるので楽しみだ。似合わないスキップをしながら、俺は部屋に向かった。

実食、実食! 楽しみだな‼

部屋に入るとシズカは目を覚ましており、ルミと楽しそうに話していた。

「そうだったかニャ。私にも今度教えてほしいニャ」

「いいわ。今度教えるわね」

ルミのコミュニケーション能力には舌を巻く。いきなり襲ってきたやつが相手でも、そんなのお構いなしに仲良くなって、楽しそうに話をしていた。

おい、そいつは勇者で俺の店に乗り込んできたやつだぞ、と思ったものの、ルミにとってはどうやら関係ないみたいだ。少しイラッとしたことは心の奥にしまっておこう。

「ほっほっほっ。やっと戻ってきたかい」

「これでも急いだ方です」

「そうかい、そうかい。フウカが倒れてしまってのう、心配だったのじゃ」

ゼノンの言葉にフウカを捜すと、俺のベットでへたっており、ピクリとも動いていなかった。お腹が空いただけで、あんなになるものか？　まるで何日も食べていないような姿だ。

「あれ？　生きてますよね？」

「もちろんじゃ」

「そうですか……うわっと‼」

フウカから視線を外して正面を向くと、いつの間にかシズカが目の前にいて、俺は驚きの声をあげてしまう。

きりっとしたクールな表情で、こちらを睨んでくるシズカ。

「今回は私の負けよ。素直に認めるわ」

「あ……ありがとう？」

「でもね、これで勝ったと思わないで。私はまだ本気を出してないから」

シズカはふんっ、と鼻を鳴らしながら、ルミの隣に戻っていった。

まだ本気を出していない。そんなことを言うやつに限って、本気を出しているものだ。

でも、相手は腐っても勇者だ。何かまだ、隠し玉でもあるのだろう。ちらっとゼノンの爺さんを見たらにやにやと笑っていたが、なんだかムカついたので見なかったことにする。

今度は俺の可愛い可愛い妻であるエリが近づいてきた。

「シン様。料理の方は？」

「持ってきたよ。空間魔法で」

不思議そうな表情を浮かべるエリに、俺は即答した。

「シン様……それは言ってはダメだったのでは？」

「んっ？　何が？」

俺とエリの短い会話が、この場の視線を集めていた。主に勇者一行の。

倒れていたはずのフウカですら起き上がり、こちらを見ている。

「えっ？　何？」

「シン様。空間魔法」

エリにそう言われて気づく俺。やべ、言っちゃダメなやつじゃんか。また、やってしまったよ。

「ほっほっほっ。おぬしは本当に面白い奴じゃの。空間魔法とな？」

「はて？　なんのことでしょう？　俺は空間魔法なんか使えませんよ？」

そんなことしか言えなかった。こんなの、使えると言っているようなものだ。

「そうじゃの……迷惑代として、聞かなかったことにしようかの」

「私も聞いてないわ」

シズカは睨みつけながらそう言うが、ただただ怖いだけだった。

後で校舎裏にでも呼び出されて問い詰められそうな予感だ。校舎なんてないけど。

もし聞かれたとしても答える気はないが、めんどくさいので、できれば発生しないでほしいイベントだな。

「まあ、とりあえず食べますか」

「お願いします～」

話題の転換にフウカがすぐさま起き上がって乗ってくれた。いや、乗ったと言うかただ単に食べたかっただけだろうが……なんにせよ助かった。

「それじゃあ、ご飯にしましょうか」

15

俺の部屋では全員は座れないので、一階に移動する。

この時シズカが、俺が普段座っている席を取って断固として譲らなかったのだが、結局はルミと隣になれればどこでもいいと言われたので、別の席に座らせた。短時間でどれだけ仲良くなっているんだよ。

そうして自分の席についた俺。両隣にはエリとアカリが座っている。

「師匠」

軽く肩を叩かれたので、耳を寄せる。

「何だ？」

「くれぐれも空間魔法は教えないように……」

「わかっている。後で聞かれても絶対に教えないから心配するな」

「僕は信じてますよ」

最後のささやきに、何故かドキッとしてしまった。

……って痛い、痛い、痛い。太ももつねらないでエリ。アカリにドキッとしたのを読まれたのか、思いっきりつねられた。

嫉妬心が強い嫁である。まあ、そんなところも可愛いと思ってしまう俺もどうかと思うが……

「お楽しみなのはいいけど、席についたので料理を出してもらってもいい？」

「ほっほっほっ。青春じゃの」

シズカに急かされ、ゼノンにはからかわれる。

異様に恥ずかしいな。これがいつもの感じとは勇者一行には言えなかった。

「ごめん。今から出すよ」

空間魔法で器を取り出して、皆の目の前に置いていく。ありがたいことに、勇者一行の誰も空間魔法については触れなかった。約束を守ってくれているのだろう。

出された料理を見た皆の反応は様々だった。シズカはじーっと料理を凝視し、ゼノンの爺さんは物珍しそうに観察している。フウカは目をキラキラさせながら待っている。いつの間にか兜を被っていたフルアーマーの人は……いや、これから食事なのになんで兜被ってるんだ。

「これって……やっぱり……」

「ちらし寿司です。どうぞ、食べてください」

言葉をこぼしたシズカに対して、俺はにっこりと微笑み、食べるように勧めた。聞きたいことはあるかと思うが、食べ終わってからでもいいだろう。俺も早く食べたかった。

「では、手を合わせて……いただきます」

「「「いただきます」」」

全員が違和感なく合掌する。シズカはもちろんのこと、勇者一行までもが違和感なく合掌をしている。どうやら、シズカがいつもしているため自然にやるようになったようだ。

それでは待ちに待った実食。日本人なら大好きな寿司だ。さっさと食べよう。

既に、俺以外は口にしており、幸せそうな表情を浮かべている。特にシズカは、本当に久しぶりの和食だったようで、いたく感動していた。

醤油をひと回し入れて、一口。

「うまいな〜」

シンプルなちらし寿司だが、魚介類の新鮮さが伝わってくる。

マグロやサーモンはサクになっているものだったが、召喚できる中でも新鮮なものを選んでおいて正解だった。口の中に入れるたびに、新鮮な身が踊る。イカはまったく生臭さがなく、酢飯も丁度いい味付けだ。脇役としてしっかりと味を支えている。

二口目、三口目と、箸(はし)が止まらない。最後の方は、かき込むようにして食べた。

「ふ〜」

美味しかった。こうやってゆっくりと和食を食べると落ち着くな。

最近の晩ご飯は、基本的に店で余った料理を食べていた。というのは、お客様が増えてきたおかげで、仕事ですっかり疲れてしまうようになり、わざわざ作らなくなってしまっていたからだ。とはいえやっぱり、ちょくちょく作るようにしようと思う。

「シン」

シズカが俺を見ていた。呼ばれたので顔を向けると……

「まあ、何……美味しかったわ」

「……」

美味しかった、をいただきました!

何故か、シズカが可愛く見えてしまった。これこそまさしくツンデレ効果と言うのだろうか……アメとムチの使い分け、恐るべし。

隣からジト目で見られていることはわかっているが、勘弁(かんべん)してください嫁さん。

すっかり尻に敷かれているな、と感じる今日この頃である。

全員が食べ終わったところで食後のコーヒーを出して一息つくと、シズカの質問タイムが始まった。質問タイムはゼノンで終わったはずなんだがな……

「それでこの料理の食材、どうやって出したの？」

今さっきの可愛かった表情はすっかり消え失せ、クールなシズカに戻っていた。

食事一つで性格が変わることがないのはわかっているので、元に戻っていても気にしないが、少し表情がやんわりしたような感じがするのは気のせいだろうか？

「魔法だな。俺だけが使える創造召喚という魔法で持ってきたんだ」

ここは正直に話を進める。ゼノンには教えているし、直接教えた方がいいだろう。

……このまま教えないでいると、話がこじれてきそうだしな。ここで納得してもらった方が早いだろう。

「創造召喚ね……条件を聞いていいかしら？」

「それはさすがに無理だな……教えられることといえば、元いた世界から道具や食材などをこちらに持ってくることができる、ということぐらいか。それ以上は教えられないな」

ここで条件まで教えてしまうと、デメリットまでバレてしまうからな。創造召喚はＭＰ依存で持ってこられる物が決まるので、そこが大きなデメリットになる。もっとも、俺の場合はＭＰが無限なので、実質デメリットなどないのだが。だがそこまで話してしまえば、

MP無限の話もしないといけなくなるからな……

「それは仕方がないわね。教えてもらえると思ってないわ。一応聞いただけ」

「じゃあこっちも聞くが、戦闘中に、居合切りみたいに構えてた技があっただろ。あれはどんな技だ？」

特に食い下がる様子も見せないシズカに、俺は逆に問いかける。

いつの間にかわき腹を切られ、背後に回り込まれていたあの技だ。

「こちらも深く教えられないのだけど、範囲に入ってきたものを斬る技。そう言っておくわ」

「なるほどね」

やっぱり教えてもらえないか……こちらも教えなかったのでイーブンだろう。範囲に入ってきたものを斬る。それだけでも少しは対策できる。

そんな風に勇者対策を考えていると、シズカが言いにくそうに声をかけてきた。

「その……相談なのだけど……」

「アカリはやらないからな」

「それは置いといて……その、相談っていうのは、シンは私たちが元いた世界から、何でも持ってくることができるのよね？」

「なんでも……というか、可能なものは、だけどな」

俺の言葉に頷いたシズカは、こちらをじっと見据え、意を決したように口を開く。

「それじゃあ……チョコレートを持ってきてくれないかしら」

「チョコレート？　いいけど……」

俺は要望どおり、創造召喚でチョコレートを持ってくる。一粒一粒が紙で包まれているタイプのチョコレートだ。俺が差し出した箱を受け取ったシズカは、その中から一粒取り出して包装紙をはがし、口に入れた。

一瞬で幸せそうな顔になる。

なんともまあ……可愛らしいことだ。通常時との高低差が激しすぎるから、こんなに可愛く見えるのだろうか。

「な……なによ。私がチョコレートが好きで悪い？」

「いや、別に悪くない」

うっとりとした表情から現実に戻ってきたシズカは、俺を睨みつける。うん、いつものシズカだな。

チョコレートはこの世界にないようなので、シズカにとっては嬉しいのだろう。いそいそと、もう一粒を口に入れている。

そんなシズカを見ていると、両隣から刺々しい視線が突き刺さってきているのを感じた。

何故両隣から刺さるのか、少し気になる。

まずは右に目を向けると、エリの冷たい視線が……次は左に目を向けると、アカリの冷たい視線が……ってなんでアカリまで‼ ルミはシズカの隣で、やれやれだニャとでも言いたげな顔をしていた。

「ちょっとシン様……いいでしょうか」

「師匠……僕からもお話があります」

そう言われた俺は。両方からがっちりと手を拘束されて立たされた。えっ？ なにこれ？ そのまま、ずるずると引きずられ、厨房の方に連行される。

「え？ え？ え？」

わけもわからないまま連れていかれた俺は、この後散々絞られた。

アカリの言っていたことは遠回しすぎて何を言っているのかよくわからなかったが、エリからの言葉を端的にまとめると、浮気したら許さない、死んでも追いかけます、みたいなことだった。初めて奴隷として買った時はあんなに幼くて可愛かったのに……というかちょっと前まで私が正妻なら全然オッケーみたいなこと言ってたのに……現在はとても怖いです。

誰がこんな風にしたのか……って俺のせいか。アレがヤンデレってやつだろうか。もしヤンデレだとしたら、嫉妬心は強いもののまだ初期段階と言えるだろう。更生の余地はあるはず。このままヤンデレ化が進み、俺が女性と話しているだけで嫉妬しまくるなんて事態は、絶対に避けなければならないな。

そんなこんなでエリとアカリによってこってり絞られた俺は、皆が集まっているテーブルに帰ってきた。

さて、エリについてはおいおい考えることとして、今考えるべきは勇者シズカについてだな。

できるだけ関わりたくないと考えていたが、時既に遅し、すっかり関係してしまった。今後も絡まれるようなことはどうしても避けたいし、アカリの件もあるので、ここで話をつけたい。

あらためて、向かい合う形で座る。今度はしっかりと勇者側と俺たち側で分かれて座った。

空気が切り替わったところで、俺から話を切り出す。

「さて、ご飯も食べたし、質問も終わった。今後のことについて話そうか」

「そうじゃのう……このままでは何も解決しておらんからのう」

ゼノンの爺さんが答える。シズカは静かにこちらを見ていた。

「こちらから勇者一行に誓ってほしいことは二つ。一つ、アカリのことはこれから先、勧誘しないこと。二つ、この店に損害が発生するような行為をしないこと。この二つさえ誓ってくれれば、後はどうでもいい」

そう、これさえ守ってくれれば問題ないのだ。今の俺にとっては、店の運営が一番重要なこと。アカリは今では、この店にとって絶対に必要な従業員なのだ。

「やっぱり諦めきれないわ。アカリは必ず連れていく」

「いいや、渡さないね。俺の大切な弟子だ」

シズカと俺の間で、バチバチと火花が散っている。

このまま平行線になれば、またシズカから襲ってきそうな気がして怖い。

かといって、ここは絶対に譲れないので引くわけにもいかない。

「呑もう。その条件を呑むのじゃ」

「ゼノン‼」

一触即発の雰囲気の中、ゼノンの爺さんはそう口にした。

「シズカよ。わしらは負けたのじゃ。条件は呑まないといけないのじゃ」

「それは私が油断したからであって、もう一度戦えば今度は勝てるわ」

「それでもじゃ。わしらは負けた。それは変わらない」

「でも……」

シズカはなかなか引き下がらない。

「それにシズカよ。本当にもう一度戦って、勝てると思っておるのかの……おぬしも体験したじゃろ。あの化け物じみた、ＭＰにものを言わせた殺気を」

「……」

ゼノンの爺さんはシズカを説き伏せた。俺のことをさりげなく化け物扱いしていたが、思い返すとそう言われてもおかしくないので、黙っておく。

「そういうことで、おぬしの条件二つを無条件で呑もう。契約書に記して守るとしよう」

「契約の紙は持ってないぞ？」

「わしが持っておる」

ゼノンの爺さんは所持していた契約書にスラスラと契約内容を書いていき、自分達の名前も記入する。

この世界の契約は、一種の呪いに近い。一度契約をすれば、その契約を破ると奴隷落ちという重い罰が待っているのだ。しかし強制的に結ぶことはできず、お互いに内容を確認し、納得して初めて契約が成立するため、重要な約束ごとがある時にはとても役に立つ。

俺は受け取った紙に書かれている内容をしっかり確認して、名前を書く。騙されないようにじっくり読んだので問題ないだろう。これで契約は成立した。

「それじゃあ、わしらはこれでお暇させてもらうかの。もう遅い時間じゃからのう」

窓の外を見ると、すっかり暗くなっていた。時計を見ると、二〇時を回っている。

「また、縁があったら会おうぞ」

「そうですね……できれば、会いたくないですが」

「ほっほっほっ。そうなればいいがの」

そう言って、ゼノンの爺さんは出て行く。

「料理美味しかったです～」

フウカはそう言いながら、そしてフルアーマーの人は相変わらず何もしゃべらずに去っていく。

最後まで残っていたシズカは、無言のまま、こちらをちらっと見てから出て行った。ゼノンに説き伏せられてから一言もしゃべらなかったので、妙に怖く感じるが……契約があるので大丈夫だろう。そう信じたかった。

「じゃあ、寝る準備するか」

「そうしましょう」

「賛成だニャ」

「異論はありません」

そう決まると、俺たちは各々の部屋に戻る。

それにしても、今日は大変な一日だったな。

最終的にこちらの条件を呑んでくれたのでよかったが、最初に戦いが始まった時はどうしようかと思った。本気で殺されるかと思ったくらいだ。

しかし思い返してみれば、ギリギリの戦いだったな。殺気でなんとかなったが、高レベルの殺気を使うと手にしびれる感覚が残るので、もう少し鍛えるようにしよう。

俺は心の中で目標を立てつつ、今日の疲れを癒やすべく、しっかりと目を閉じた。隣で寝息を立てているエリに、いつものようにドキドキしながら……

16

勇者の襲撃の翌日。

いつものようにレストランは開店した。

「いらっしゃいませ、二名ですね。こちらへどうぞ」

エリの元気な声がレストランに響き渡る。これだけ見るとヤンデレ要素は見当たらないのだが、俺の前でだけああなるようだ……まあ、当たり前か。

「こちら、オムレツになりますニャ」

ルミもしっかり働いているし、アカリも厨房でしっかりと料理を作っている。

いつも通りの、何も変わらない風景。

お客様も途切れることなく、満足いく営業状況だ。

「……で、どうして今日もいる？」

「美味しいご飯を食べに来ただけよ。文句は言わせないわ」

「ほっほっほっ。また会ったのう」

「ここの料理美味しいですね～」

「……」

そんな忙しい時間帯に、俺は厨房ではなく、勇者一行と同じ席に座っていた。店の損害になることはしないという契約をしたのに、何故か彼女たちがここに来ていたからだ。食べに来た、なんて言っているが、それだけとは考えにくい。

「本当に食べに来ただけですか？」

「私はそうよ。でも、ゼノンはあなたに用があるみたいね」

シズカはオムレツを食べながらそう口にする。俺はゼノンの爺さんを睨みつけた。

「おお、怖いのう。年寄りに向ける目じゃないと思うのじゃが……」

口ではそう言っているが、涼しい顔をしているのでただの冗談だとすぐにわかる。さて、一体何の用なのだろうか。

そう尋ねると、ゼノンはとんでもないことを言い出した。

「単刀直入に言おうかの……おぬし、わしの弟子にならんか？」

「断ります」

「返事が早くないかの⁉」

俺は一瞬で断りを入れる。

こんな誘い、乗るわけがない。俺は冒険者としても活動しているが、最低限、身を守れる力があればいいと思っている。そして、魔力眼や無限のＭＰを使った殺気がある以上、身を守ることは簡単だ。

ゼノンの魔法をコピーしたことで属性魔法は覚えたし、回復魔法などもそろそろ覚えたいとは思うが、魔力眼で見ればいいだけだ。それなら別に、弟子にならなくてもいい。

俺の反応を見たシズカが、うんうんと頷いていた。

「やっぱりね。あなたならそう言うと私は確信していたのだけど」

「じゃあ、何故来たんだよ」

「ゼノンがどうしても、あなたの意思を確認したいと言うから。それにここでは、地球の料理が食べられるから」

シズカはどうやら、地球の料理が懐かしくなってしまったらしい。食べに来たというのは本音のようだ。

「どうしても、ダメかのう～」

「爺さん、しつこいぞ」

「わしには弟子がいないのじゃ。おぬしならなれると確信したのじゃ～」

「何を言われても弟子になる気はないからな」

どうやらゼノンの爺さんは、その強さのあまり、すぐに弟子が音を上げてしまうため、継承者がいないようだ。可哀想なのでどうにかしてあげたい気持ちはあるが、俺はやりたくない。無事に修業についていける弟子が現れるのを祈ることぐらいしか、俺にはできないな。

「そうか……あきらめるしかないの」

「だいたい、俺も弟子持ってるからな」

そもそも俺にも弟子がいるので、自分が誰かに弟子入りするわけにはいかない。教えていく立場なのだ。

残念そうな表情だったゼノンは、その表情を一変させ、こちらを見据えてくる。

「それとじゃな」

ん？　もう一つあるのか？

「おぬし、わしらのパーティに入らぬか？」

「はい？」

思わず聞き返してしまった。

この爺さん、何を言っているのだ。俺を勧誘するのかよ。確かにアカリは契約によって名指しで守られているけど、俺はそうじゃないからな。

「どうじゃ、悪い話ではないと思うんじゃが」

ゼノンの爺さんは口角を持ち上げた。

どうやら俺は、またしても掌の上で踊らされていたらしい。やられたな、この展開を見越して契約の内容を提案していたのか。

「ことわ……」

「させないぞ」

俺の言葉をさえぎったゼノンが目の前に突き出したのは、ギルドの依頼書だった。依頼内容は、俺が勇者一行と一緒に魔王を倒すための旅に出るというものだった。偽物ではない、確かに本物だ。ギルドの印まで押されていた。

実はギルドの依頼には、二つの種類がある。

随時出されている依頼と、緊急依頼と言われるものだ。

随時出されている依頼の方は、受けるも受けないも冒険者の自由になっている。

一方緊急依頼はというと、冒険者として登録している限り、必ず受けなくてはいけないものなのだ。発生頻度は低いのだが、たとえば、大量のモンスターが街を襲おうと向かってきている場合や、王族からの依頼などが挙げられる。モンスターの方は迎撃に出ることになるのだが、王族からの依頼の場合は、護衛として冒険者を雇う形になり、有能な冒険者であれば指名依頼されることになる。

今回の場合、指名タイプの緊急依頼に該当するもので、依頼人は勇者になっている。言うまでもないが、全世界で一番重要視されているのは、世界の安全の保障だ。そのため、世界を脅かす魔王の討伐は最優先されるべきことであり、その討伐に動いている勇者からの依頼は、何よりも優先されることになるのだ。

そう簡単には依頼は通らないとはいえ、勇者一行が口を揃えて戦える料理人が欲しいと言ってきたら、ギルドの方も無下にはできない。何より俺はつい最近、Bランクに匹敵する盗賊を倒したばかりなので、強さの保証はされている。

この方法をアカリに使わなかったのは、まさか断られるとは思っていなかったからだろう。

「くそっ」

俺は思わず、依頼の紙をくしゃくしゃに丸める。そんなことをしても依頼自体がなくなるわけでもないが、やってられなかった。ゼノンの爺さんは勝ち誇ったような顔をしている。

「仲間になるのじゃろ？」

「そうとは限らないぜ」

何か策はないかと模索する。いっそのこと、ギルドマスターに直接抗議しに行くのもアリだろうか。それほど今は追い詰められている。

「早く覚悟を決めなさい。私についてくるのよ」

「そうじゃぞ。心を決めるのじゃ」

妙に返事を急かしてくるシズカとゼノン。

俺は二人が怪しく見えて仕方がなかった。何故こんなに急かすのか。何かを隠していないか。そんな気がしてくるのだ。何かを見落としているのではないだろうか……

契約内容は二つ。

一つはアカリをパーティに誘わないこと。

もう一つは店に損害が出る行為をしないこと。

別に難しいことではない……営業の邪魔さえしなければ、簡単に守れる契約だ。どこもおかしなことはない。俺が引っかかっているのは、契約のことではないのか……？

もし仮に、俺がこの話を受け入れて、勇者のパーティの一員として旅に出るとしたら、この店はどうなるんだ？　運営がうまくいくとは思えない……うまくいくと思わない？

あれ、これって、契約違反になるんじゃないのか？

「シズカ、俺が抜けたらこの店の運営はうまくいくと思うか？　抜けたことにより損害が出ると思うのだが」

「なんのことかしら？　それはもしもの、仮定の話でしょ」

そう、確かにこの話は、仮定の話だ。しかし、可能性がゼロではない以上、無下にできることではないはず。

シズカの表情は一切変わらなかったが、その目元が一瞬ピクリと動いたのを、俺は見逃さなかった。やっぱり怪しい、この指摘が正解だ。

「仮定の話だとしても、店に損害を出さない契約だ。絶対に損害が出ないと言い切れるのか？」

「それは……」

「ほっほっほっ。やっぱりバレたわい。これ以上は押してもダメじゃの」

ゼノンの爺さんが、依頼書を引き裂いた。依頼は契約とは違い、出した人が依頼書を破ると無効になるのだ。

「最後の賭けじゃったが、諦めよう。戦力拡大を狙っていたのじゃが、残念じゃ」

ゼノンがそう言うと、勇者一行は全員席を立つ。出ていた食事は、いつの間にか全て食べ終えていた。

そのまま、出て行こうとする。本当に最後の賭けだったのだろう。

「待て、まだ聞きたいことがある」

「このままわしらがお主を連れていくのに成功したとして、それは契約違反にならないのか、じゃろ？」

ゼノンの爺さんは、俺の言葉を先読みしてそう言う。

「もしあなたが何も気づかないままだったら、依頼書の力であなたを連れ出して、店に明確な損害が出る前に、こっそり契約を解除させようと思っていたのよ。この方法なら、ギリギリで契約に引っかからないからね。でも、あなたが自分がいなくなったら店に損害が出ると認識した以上、連れ出した時点で損害が発生したことになるから、この方法は使えなくなるってわけ。だから、諦めることにしたのよ」

シズカが代わりに説明してくれた。ていうか、全然諦めてなかったんじゃないか。

結局のところ、俺は掌の上で転がされていたということだ。

「それじゃあ、今日はこの辺で帰るのじゃ。また来るぞい」

「ゼノンたちが諦めても、私は諦めないから」

「今日も美味しかったです～」

「……」

勇者一行は、各々そう言い残して出て行った。

また来ると言ってたし、もう一度会うことになるだろう。そう思うと憂鬱(ゆううつ)な気分になるのだった。

17

今日も天気は快晴(かいせい)だったが、俺の心は曇(くも)りがちだ。

何故ならば、今日も勇者一行が料理を食べに来ていたからだ。

確かに、営業の邪魔はしていない。邪魔はしていないのだが、彼女たちが来るたびに、何かするのではないかと心配になる。

「また来たのか?」

「来て悪い?」

「別に悪くないさ、ちゃんと料理を食べてくれるなら」

微妙に先日と被ったような会話だな。

「私だって日本人よ。日本の食事が恋しいに決まっているでしょ」

「それもそうだな」

そこは否定できない。俺は創造召喚のおかげで、いつでも食べたい時に食べられるが、シズカはそうも言ってられない。この世界で、地球の食事を作れるのは俺だけなのだ。

「それで、今日この時間に来た理由なのだけど……」

「ん?　何かあるのか?」

「噂で、裏注文ができると聞いたのだけど……」

「ああ、なるほどね」

うちの店の裏注文とは、お客様の好きなものを作るという、この世界で営業を始めたばかりの頃にやっていた注文の形式だな。

「それで、ご注文は？」

「そうね……」

顎に手を当てて考え込むシズカ。見た目は美人クール系なので、そのポーズはよく似合っていた。

「決めたわ。麺類をお願い」

「お仲間さんたちは？」

「ほっほっほっ。同じものでよいぞ」

「なんでもいいです～」

「……」

麺類に決定だな。

「少々お待ちください」

俺は営業スマイルを浮かべてその場を立ち去る。

どうするかと、厨房に入ってから考えてみる。そういえば最近、厨房で考えごとをする時間が長い。何故か厨房が落ち着くんだよな……考えがよくまとまるし。

さて、俺が作れる麺類のメニューは、大きく分けて三つ。

和麺、ラーメン、パスタの三種類だ。あくまでも大きく分けてなので、例外もあるが、とりあえずこの三つで考えてみる。どれにするか悩んだ結果、消去法で選ぶことにした。

和麺はうどんやそばのこと。うどんやそばにするなら、せっかくなので完成品を召喚せずに麺から作りたいのだが、これがとても難しいのでやめておく。少なくとも、時間内では納得のいくものはできないだろう。

ラーメンも同様で、せっかくならば麺、スープ、具、全てにおいて自分なりにこだわりたいものだ。いつかはこの世界でしかできない最高のラーメンを作りたい。ということで、ラーメンも却下。

そうなるとやっぱりパスタだな。さすがに麺の作り方までは学んでいないので、市販のもので作ろうと思う。

今回作ろうと思っているのは、ミートソーススパゲッティだ。

ミートソーススパゲッティと聞くと西洋料理のように思えるが、元々はイタリア発祥のボロネーゼからヒントを得て作られた、日本発祥とも言われている料理だ。

この二つの違いとしては、ボロネーゼの麺はタリアテッレという平打ち麺がお約束なのに対して、ミートソーススパゲッティは日本では一般的に見られる丸麺だ。味付けも、ボロネーゼには赤ワインが入っているとか、ちょっとした違いがある。本場イタリアの人からすれば、麺にこだわりがあるらしく、タリアテッレじゃなきゃボロネーゼではない‼と言われるほどである。

さて、少し脱線したが、今回作るのはミートソーススパゲッティ。ということで、さっそく作っていくとしよう。

まずは玉ねぎ・ニンジン・セロリをみじん切りに。また市販のトマトの水煮缶から中身を取り出し、軽く潰しておく。

次に、フライパンを準備をして、ひき肉を炒めていく。ポイントとしては、肉はあまり混ぜすぎないこと、しっかりと火を通すことだ。よくほぐしながら炒めるということが書かれている本もあるが、ほぐして炒めた時とほぐさず炒めた時では、完成のコクが違ってくる。ほぐしすぎずに、ハンバーグを作るように焼き色を付けて炒めた方が、より一層コクが強くなる。

最後に小麦粉を少し入れて更に炒める。こうすることで、重量感のあるミートソースになるのだ。この時、肉の油は少し切るようにする。

肉を炒めるのと並行して、隣のフライパンで野菜も炒める。まずはオリーブ油とにんにくを入れてゆっくり加熱した後、みじん切りにした野菜たちを入れてじっくり炒めていく。全体的にしんなりとしてきたら、さっき炒めておいた肉を入れ、混ぜ合わせる。

そこに潰したトマトの水煮とブイヨンを入れ、塩・砂糖・ウスターソース・ケチャップで調味してから少し煮る。水気が飛んでいれば、ミートソースの完成だ。

後は大きめの鍋に水を準備。水の量に対して二％の塩を入れてスパゲッティを茹で、しっかりとお湯を切ってから皿に盛る。麺の上にさっきのミートソースを盛り付けてあげれば、ミートソーススパゲッティの完成である。

作り終わったものを、シズカたちのテーブルに運んでいく。

作っている最中、ちらちらとアカリがこちらを見ていたので、後で食べさせてあげようと多めに作った。もちろんエリたちの分も含めてだ。

「お待ちどうさま。ミートソーススパゲッティだ」

それぞれの前に皿を置く。

「いただくわ」

シズカが手を合わせてから一口食べる。ゼノンたちも同様に、口に運んだ。

「うん、美味しいわ。懐かしい味ね」

シズカは日本で食べたことがあるので、普通の感想だな。

「これは美味しいのう。どこかの店で似たようなものを食べたこともあるが、こちらの方がちょっと甘さがあって美味しいわい」

「美味しいです～」

「……」

ゼノンの爺さんはそれなりの感想を漏らした。フウカはいつもの感じだな。美味しいしか言えないのだろうか？　もう少しちゃんとした感想がほしいところだ。フルアーマーの人は……まあ、この通りだ。てか、名前知らない。結局聞きそびれてしまっている。

その後は黙々と食べ続け、あっという間になくなった。

「やっぱり麺類はいいわ。でも、私はラーメンとかうどんとかを期待していたのだけど……」

「注文の仕方が悪かったな。そっちの方を頼みたかったら、ピンポイントで注文するべきだ。と言っても、ラーメンやうどんとなると出汁にこだわりたいから、すぐには出せないがな」

「そうね。今度頼むことにするわ」

そう言ってシズカは顔を下げた。

なんとなく、いつもと雰囲気が違う気がするな。どこか違和感がある。いつもならもっと食って掛かってくるのだけど……今日は静かだな。

「シン。私たちは、この街を今日発つわ」

「……そうか」

「最後にもう一度だけ勧誘……」

「行かないよ。次に店に来てもらった時のために、出汁を作っておかないといけないからな」

シズカの言葉に割り込む形で断った。行く気は一切ない。

「そう……ね。じゃあ、今度会った時は食べさせてもらうわ」

「こちらとしては、できれば二度と会いたくないんだけどな」

俺は笑って軽口を叩く。それを聞いたシズカは、不敵な笑みを浮かべた。

「来るわ。これは決定事項よ」

「だろうな。じゃあ、美味しいものを作っておくよ」

ここで会話が途切れ、シズカは皿を見つめる。

しばらく沈黙が続いたところで、彼女は立ち上がった。

「行くわ」

この一言で勇者一行は立ち上がり、会計を済ませて店を出ようとする。シズカがドアに手をかけた時、こちらを見た。

「シン。あなたは勝った気でいると思うけど、次は負けないから。今度会った時は、絶対に麺を食べる。それと決闘を申し込むわ。絶対に負けないから」

そう言って出て行った。

「ほっほっほっ。それでこそ勇者じゃわい。それではまた今度の、シン殿」

「美味しかったです～。また来るのです～」

「……」

シズカに続いて、一行は出て行った。

これであいつらが来なくなって邪魔者がいなくなると思うとスッキリしたが、どこか少し寂(さび)しい気持ちがした。

それにしても結局、シズカは最後までバトルジャンキーだったな。いや、ただの負けず嫌いだったのかもしれない。

俺はシズカたちが去って行った方向を見つめて一つため息をつくと、仕事を再開したのだった。


――――――――

わしら勇者一行は、シン殿の店から離れた。

あの店はよかった。勇者と同じ異世界人が営む料理店というところに惹かれるし、何より出てくる料理が美味しかった。

「少し名残惜しいの……」

思わず、そんなことをわしは口にした。

「何言ってるのゼノン。また来ればいいのよ。その時はもっと強くなって、今度こそ勝ってみせるんだから。ねえ、フウカ」

「ふぇぇぇ。私もですか〜」

シズカがフウカの肩に手を置いて言う。回復魔法には絶対的な信頼を置けるのじゃが、それ以外の部分だと何かと心配じゃ。流されやすい感じがするしの。

「実に惜しいの……」

「ゼノン、しつこいわよ。いい加減、諦めなさい。私も我慢しているんだから」

「何を我慢しているのじゃ？」

「もちろん料理よ。あの店でないと、私が元いた世界の料理は食べられないからね。ゼノンは料理じゃないの？」

「わしは違うのじゃ」

シン殿との戦いを思い出す。わしの攻撃を一度見ただけで再現することができる技量。

ＭＰを自在に操る技術。どれをとっても才能あふれるものだった。わしが育てれば、世界一の魔法使いにすることができる。

「実に惜しい才能じゃ。やっぱり弟子に欲しかったのぉ」

「確かに、彼の力はすごかったわね」

　シズカも目をつむり、戦いを思い返すように言う。もう少しで勝てたのに、まさかあれ程の切り札を隠し持っているとは思ってもいなかった。

「それにしても凄い殺気でしたね。どれほどＭＰがあるのでしょうか？」

「それがわかられば苦労しないがの。確実なことは、わしのＭＰよりも多いことじゃな」

「ふぇぇぇ。そんなにですか!!」

　見立てによれば、一万は軽く超えておることじゃろう。

　どうやら常に身体強化をしている様子じゃったのに、魔力切れを起こす気配もなかった。

「弟子にしたかったのぉ」

　わしはもう一度ため息をつきながら口にした。わしの教えについてこれるであろう者は、今のところシン殿しかいない。

　わしの弟子になるためにはまずＭＰがたくさんあることはもちろん、全属性の基本魔法が使えることが条件。そのため、初めのＭＰの量でほとんどの魔法使いが候補から外れ、全属性の魔法が使えるという条件で皆無になる。

それほど厳しいのだが、シン殿はその条件を満たしていた。

ＭＰの量はさっき言った通り、全属性の魔法については、わしの魔法をそっくり真似た時点で、使えることは確実じゃ。わしは決闘の際、相手がどんな魔法を使おうと対応できるように、全属性の魔法を使っていた。それを同じように真似て相殺するということは、そういうことなのだ。

「ゼノン。諦めなさい。シンは一度言えば曲げることのない人よ」

「わかっておる」

最後まで抗おうとするのがシン殿じゃ。それは身をもって体験しておる。どんなに絶望しても最後まで方法を模索する。それが強みでもあった。

「私、思うのですよ。また、どこかで会うような気がするのです」

「そうね……そんな感じがするわ」

フウカの発言にシズカが同意する。わしも同じ気持ちだった。

「わしもそう思うのぉ」

近いうちにまた会える気がした。そのため、わしはひとつ布石を打っておくことにする。

一通の手紙を書き、魔法を使って飛ばしたのだ。

「ゼノン、今のは？」

「ちと、学園に手紙をの」

「なんて書いたの？」

「それは秘密じゃわい。後でわかることじゃよ」

「ふーん。まあ、いいわ」

シズカは少し怪しそうな目で見てきたが、そこまで興味がなかったのか、あっさり引き下がる。

そんな会話をしているうちに、わしらは街からは離れ森へと踏み入っていた。

「して、今日の晩ご飯は誰が作るのかの？」

森の中を行きながら、わしは発言する。暗くなってきたので魔法で明かりを灯すのを忘れない。

「そんなの決まっているじゃない。じゃんけんよ」

「やっぱり、そうなるのかの……無理やりでもシン殿を連れて来るべきじゃった」

わしは頭を抱えてそう言う。わしら勇者一行の料理センスは、壊滅的だった。誰が作っても同等レベルの、イマイチなものしか作れない。しばらく、美味しい料理とはおさらばである。

（名残惜しい）

これからの食事のことを考えると、あらためてそう思うのだった。

18

勇者が旅立ってから、一ヶ月の月日が流れた。

平和な時間が過ぎていく中、季節はいつの間にか真夏になり、気温は上昇していた。

客席の方はクーラーがきいているため涼しいのだが、外の暑さとあいまって、厨房内はありえないほどの高温になっていた。これぞまさしく天国と地獄である。

ちなみに他の店では、涼しさを得るために魔道具が使われている。なんでも魔力をこめることで、何時間も涼しい風を送ってくれるのだとか。うちの店のクーラーとは仕組みが違うようだが、魔導具の方もなかなかに涼しそうだな。

さて、俺たちの店についてだが、この一ヶ月で変わったことがある。

なんと、従業員が五人も増えたのだ。冒険者だけではなく、一般の人にも募集をかけてみたところ、あっという間に集まった。厨房に二人、ホールに三人だ。人数にだいぶ余裕が出てきたので、シフト表を作って休日を作るようにもしている。いい仕事場は雰囲気からと言うので、それを目標にしている。

そして人手が増えたことで一人あたりの負担が減り、周りに視線を向ける余裕ができた。余裕ができるとお客様の声も聞きやすくなるので、改善してほしいところや、やってもらいたいことなどがわかってくるようになるのだ。

また、当初の目標であった予約制に、ようやく切り替えることができた。

はじめは少し戸惑いの声があったが、予約制開始の二週間も前から、あらかじめ張り紙で告知はしていたので、思っていたほどの混乱はなかった。

新しく入ったメンバーは、丁度予約制の告知をし始めた頃に雇った。

厨房の二人は、二週間も厨房に入っているので、そろそろ仕事に慣れてきたところだ。やはり始めの頃は見慣れない料理を作るのに戸惑っていたが、毎日同じものを作っているだけのことはある。

メニューも、ミートソーススパゲッティを加えて以降、新しい料理の追加はない。まずは新しい従業員に慣れてもらうことが大切なので、下手に増やして混乱させたくはないということもあり、今は様子見の状態だ。

ホールの方の三人も仕事に慣れてきて、皆元気よく接客をしている。その三人が、兎、犬、アライグマと、全員が獣人族だったのは意外だった。うちの店を選んだ理由を聞いてみたところ、この店のメイド服風の制服が、獣人族に大人気らしい。エリとルミという二人の獣人族が着ているので、他の獣人族が私も着てみたいと言っているようだ。確かにエリのメイド服姿は可愛いからな、皆が自分も着てみたいと思うのもおかしくはないだろう。

ここまでが、店で変わったこと。

次は俺たちだ。とはいえ、たいして変わっていない。強いて言うなら、エリが昔よりも恥ずかしがらなくなってきたということぐらいだろうか……

そして俺の使える魔法は、魔力眼でコピーすることによってかなり増え、何より空間魔法がレベル４にまで上がった。これでアカリと同じレベル、世界で四人目のレベル４魔法使いだ。もっとも、公表はしていないのだが。

何故こんなに早くレベルが上がったかというと、毎日のようにお店の料理を空間魔法で収納していたおかげだ。この上げ方は、完全に無限ＭＰにものを言わせたチート技だな。そして空間魔法レベル４となったことで、あの魔法も使えるようになった。

——瞬間移動。

アカリと俺がシズカと戦っている時に使った、あの移動魔法だ。自分を移動させるのはもちろん、他人でも座標の認識さえしていれば、一緒に移動することが可能だ。一〇〇メートルに対して1MPとなる。それ以下の距離でも全て1MPを消費する。移動手段として考えると、すごくいい。戦いの際にも使いやすい。ただし、自分が訪れたことのある場所にしか移動できず、一度は足を運んでいる必要がある。ちょっとめんどくさいが、逆に考えてみれば、一度訪れていればいつでも再訪することができるのだ。便利でしかない。

そのことをアカリに話すと、彼女曰く、大きな街と街の間は大体二〇〇キロメートルは離れており、消費MPの量を考えると結局不便と言われた。とはいえ俺には無限のMPがあるため、MP切れの心配は不要。アカリの言う不便さは俺には関係なかった。

以上が、一ヶ月で変わったことだ。

店もいい感じに軌道に乗ったし、毎日が充実していた。

しかし俺には、やりたいことがまだたくさんある。そこで今日俺は、ある宣言をすることにしていた。

今は店じまいも終えた、最後のコーヒータイムだ。エリにルミ、アカリと、この店の主要メンバーが集まっているこの場で言うつもりだ。

「皆に、少し話がある」

俺の言葉に、全員の視線がこちらに集まる。なんの話だろうか？　と疑問が浮かんでいる。

「俺、旅に出ようと思うんだ」

皆の顔を見渡しながら、俺は堂々と宣言した。

「師匠……どうして急に？」

「理由は簡単だ。この世界の素材を使って、もっとたくさんの新しい料理を作ってみたい。そう思ったからだ」

俺はモンフルヨーグルトを作って以来、ずっと思っていることがあった。この世界にある独特な食べ物を素材にして地球の料理を作れば、さらに美味しい料理が作れるのではないか、と……

探してみれば、地球のものと似たような料理や食材はたくさんある。それはこれまでの異世界生活で見てきた事実なので、間違いないことだ。

しかし、この世界で最初に食べた深海フィッシュ、わざわざ森まで収穫に行ったモンスターフルーツ、命がけで倒したムーンベアーなど、この世界にしかないものもある。特にモンスターの肉などはこの世界にしか存在しないので、実際に食べてみるしか、その味を知る方法はないのだ。

現在のように、自分のレストランで地球の料理を作って提供するのも悪くはない。だが、そのレシピをこの世界の食べ物と組み合わせる、そういったことも、もっと試したかった。

「なるほど、そういうことなんですね。でも、このレストランはどうするんですか？」

確かにこの店をどうするかは重要なことだ。当然、それは決めてある。

「アカリに任せたいと思っている。もちろん、ルミにも期待しているよ」

「僕にはまだ無理です。それに食材は師匠にしか持ってくることはできません」

「何を言ってるんだ。アカリはもう一人前だよ。それに、食材のことなら心配しなくていい」

アカリたちは食材をどこから持ってきているのか知っているので、こういった質問が出てくる。

俺しか使えない魔法である創造召喚を使って食材を仕入れている以上、俺が抜けてしまえば、レストランが回らないことは確かだ。でも、俺はもちろんそれも想定して旅に出ることを決めたのだ。対策は考えてある。

「空間魔法を使う」

「空間魔法を……？」

アカリが不安げな表情を見せる。

「そう、空間魔法だ。アカリならわかるだろ？　旅先からこの店の倉庫に材料を送ろうと考えているんだ」

ＭＰが無限なので、どれだけ遠く離れようが問題ない。

「それに、毎日毎週とまでは言わないが、定期的に帰ってくるようにするさ。空間魔法を使えば、行ったことのある場所に飛ぶことができるだろ？　いつでも帰ってこられるよ」

俺の言葉に、アカリは俯いた。エリは黙って俺の話を聞いている。ルミは……寝ていた……って、おい‼

「こらルミ、起きろ‼」

「ニャんかニャ……むニャむニャ」

「寝ぼけてやがる」

俺はルミが起きてしまわないよう、ソファにそっと運んでやった。ルミについてはこのまま寝てた方が話が進みそうだからな。

「師匠」

アカリがまっすぐに俺の目を見つめてくる。そのまなざしが真剣そのものだったので、目をそらすようなことはしないで、しっかりと見つめ返した。

「僕はまだまだ、教えてもらいたいことがたくさんあります。でも、こうして任されるのならやってみたいとも思っています。師匠が旅から戻ってきて、もっとすごい料理人になったら、また教えてくれますよね？」

「それはもちろん」

旅に出る理由の一つにあるのが、レストラン全体のレベルアップだ。そのためには、もっと美味しい料理を生み出して、従業員に教えなくてはいけないからね。

「わかりました。任せてください」

「頼もしい返事だ。よろしく頼む」

これでアカリとの話はついた。目線を動かしてエリと視線を合わせる。

「エリ……」

俺がそう呼びかけると、近くに寄ってくる。

『なんでも言ってください。私はシン様についていきますから』

何も言われていないのに、そんな言葉が聞こえた気がした。

「エリは俺についてきてもらってもいいかな。危険のないようにするから」

「はい、シン様」

何を言われても、きっとこの返事をするつもりだったのだろう。すっと淀みなく出てきた言葉が、俺の耳に心地よく響いた。

急ではあるが明日出発することにし、アカリと叩き起こしたルミに、引継ぎを行う。

とはいえ特別なことは何もなかったので、いつものように解散し、それぞれ部屋に戻っていく。

そうして俺は、エリと一緒に旅に出ることにした。

この世界にあるまだ見ぬ食べ物に期待をしながら、今日は深い眠りについた。


次の朝。

目覚(めざ)めはとてもよかった。今日でいったん、この部屋とはお別れだ。

といっても、いつでも帰ってくることができるので、永遠にさよならってわけではない。

俺は寝転がったまま、隣でまだ眠っているエリの頬を撫でる。可愛い寝顔だ。彼女が起きるまで俺は待つことにした。そんなに急がなくてもいい。今日の予定は、防具を揃えてギルドに寄り、そして旅立つ。たったそれだけだ。

どこを目指すのかは、特に決めていない。ここ、料理の街は大陸の南に位置しており、とりあえずは、西を目指してゼノンの爺さんがいた魔法都市に行こうかな、なんて考えている。

その後は北の戦士と剣士の都市。東の大教会がある僧侶の都市。大きな都市を回って旅をして色々な食材を見ていきたいと思っている。それに旅の途中でも、料理をふるまうことは忘れない。

日本には外でも立派な料理をふるまうことのできる伝統があるではないか。そう、屋台だ。

屋台を開きながら旅をするのもアリかもしれないな。屋台と言ったら、たこ焼きやたい焼き、ラーメンなど、手広くチャレンジできるだろう。この世界でも通用するかはわからないが、楽しみの一つにするのもアリだ。

そんな考えを巡らせているうちに、エリが目をこすりながら目を覚ました。

「おはようエリ」

「おはようございまぁぁす」

あくびをしながら言うエリの姿は、なんだか新鮮な感じがした。いつもしっかりしているエリだから、こういった姿を見るのは初めてのことだ。心を開いてくれている証拠なのだろう。

「はっ‼ すみません。寝ぼけておりました」

「いやいい。まあ、その……可愛かったからな」

エリが頬を赤く染めて俯く。言った俺でさえ、多分顔を真っ赤にしていることだろう。

「準備しますね」

「ああ、待ってるよ」

俺は部屋から出る。俺自身の準備は、既に完了している。エリが準備をしているうちに、アカリたちにもお別れの挨拶をしておくとしよう。

アカリを捜し始めると、どこにいるのかすぐにわかった。廊下(ろうか)に出た瞬間に、いい匂いが漂ってきたからだ。迷いなくそのまま厨房に向かう。そこには、きっちりとコックコートを着たアカリがいた。

「早いなアカリ」

「おはようございます師匠。今日から僕が師匠の代わりとしてこの店を運営すると思ったら、いてもたってもいられず、料理の練習をしていました」

「そんなに気負(きお)うなよ。いつもの感じでいいんだ」

「わかっています……でも、気持ちが落ち着かないのです」

アカリの気持ちは俺もわかる。あちらの世界で料理長として初めて店を開いた時、本当に心配で心配で、夜も眠れなかったくらいだ。今のアカリもそんな気持ちなのだろう。

「何を作っていたんだ？」

「ちょっとした朝食を……」

作っている料理を見ると、オムレツ、味噌汁、ごはんにサラダ。オムレツの練習として朝食を作ったらしい。断りを入れてから、少しだけオムレツをつまみ食いする。

「うまいじゃないか。上出来だ」

ふわっとした卵の旨みが口いっぱいに広がり、中の半熟の卵がとろけるように口中を満たす。

教えた通り、完璧なオムレツができ上がっていた。この調子なら、他の料理も心配いらないだろう。

「ありがとうございます。まだ未熟なところもあるので、精進していきたいと思います」

向上心もある。これよりももっと難しい料理が作れるようになるのも、あっという間だろう。

「ああ、頑張ってくれ」

「はい」

丁度話が終わったタイミングで、エリが準備を終えて厨房に入ってきた。

せっかくなのでアカリが作った朝食を食べてから店を出ることにする。ルミも揃って皆食べる食事はとても美味しかった。

食べ終わった俺たちは、そろそろ店を開ける時間に近づいていることを確認して、店を出ることにした。ルミとアカリが外のドアのところまで見送りに来てくれる。

「それじゃあ行くけど、後は頼んだぞ」

「お二人とも、後はよろしくお願いします」

「お元気で、師匠。この店は僕に任せてください」

「まかせるニャ。私がいるから安泰だニャ」

俺とエリは、大切な従業員に見送られ、店を出た。

最後のルミの言葉でなんとなく心配になるが、アカリならやっていけるだろう。

俺たちは、まだ見ぬ食材と料理を求めて旅に出る。

さあ、どんな新しい出会いが待っているのか楽しみだ。

番外編――エリとアカリとルミの料理

シズカさんたちがこの街を旅立ってからしばらく経った、とある店休日のことです。私とシン様の部屋に入ると、シン様が一人で簡単な荷造り(にづく)をしていました。

何かあったのか私が問いかけると、にこやかに答えてくれます。

「ああ、エリ。今日はちょっと買い物に行ってくるよ。ついでにモンスターフルーツも採ってくるから、帰るのが遅くなるかも。晩ご飯までには帰ってくると思うけど、作るのはお願いしてもいいかな?」

「わかりました。私だけでは少し自信がないので、アカリさんに教えてもらいながら作っておきますね」

簡単な朝食くらいなら作れるのですが、できれば晩ご飯も作れるようになりたいと考えていたので、丁度いいタイミングだと思った私は、挑戦してみることにしました。

「よろしく頼むよ。それじゃあ、行ってくる」

「行ってらっしゃいませ」

軽くキスをして、少し照れながらシン様は出かけて行きました。ここ最近、こうして離れ離れになる時は、別れ際にキスをするようになっています。二人の距離が縮まっているということなのですが、なかなか慣れず、とても恥ずかしくなってしまいます。

今すぐ鏡でも見たら、きっと真っ赤な顔をしているのでしょう。

大きく深呼吸をして、気持ちを落ち着けます。いつまでも恥ずかしがってなどいられないのです。

さて、まずは家の仕事からやるとしましょうか。洗濯に掃除、やることはたくさんあります。

私がホールの掃除をしていると、二階へと続く階段から、アカリさんが下りてきました。

「おはようございます、エリさん」

「おはようございます」

どうやら、起きたばかりのようですね。アカリさんは目をこすりながら辺りを見渡し、問いかけてきました。

「あれ？　師匠は？」

「シン様なら、ただいまお出かけ中です。買い物があるらしく、ついでにモンスターフルーツを採りに行くと言って出ていかれました」

「そうですか。わかりました」

「それで相談なのですが、シン様から出かけ際に、今日の晩ご飯を任されまして……」

「それなら大丈夫ですよ。僕が作っておきます」

私の言葉を受けて、アカリさんはそう言いました。しかし、それではいけません。

「いえ、私も作りたいので、手伝っていただくという形にしませんか？」

「なるほど、そういうことなら、一緒に作りましょう」

「はい、よろしくお願いします」

これで、料理を教えてもらいながら晩ご飯を作ることが決定しました。

「とりあえず、顔を洗ってきますね」

そう言って、アカリさんは洗面所に向かうのでした。


——静かな時間が流れていました。

私は掃除が一段落ついたので休憩中、顔を洗って戻ってきたアカリさんは、シン様が持っていた料理本を読んでいます。

字は読めないはずですが、写真を見るだけでも感性が磨かれるはずというシン様の言葉に従って、料理本を読んでいるようでした。今読んでいるのは、主に中華料理について載っている本みたいです。

「おはようニャ」

私達がまったりしていると、ルミがあくびをしながら階段を下りてきました。

もう既にすっかり太陽が昇り、昼前になろうかという時間です。

ルミは休みの日はいつも、こうして遅い時間に起きてきます。正直なところ、だらけきっているように思えるのですが、休みの日をどう使うのかは人それぞれだと思い直します。

「おはようございます、ルミ」

「お腹すいたニャ。何かないかニャ」

「もうすぐお昼ですから、お待ちください」

「あれ、もうそんな時間かニャ。わかったニャ。しばらく待つニャ」

ルミは椅子の上に、丸くなるように膝を抱えて座った。

私は厨房に行き、コーヒーを淹れてあげることにしました。

「はい、こちらコーヒーです。これで目を覚ましてくださいね」

「ありがとうニャ」

ルミはまだまだ眠そうな目で、コーヒーカップとミルクピッチャーを受け取ります。

シン様曰く、コーヒーに含まれているカフェインという成分によって、目を覚ますことができるそうです。私もコーヒーを飲むと少し目が覚める気がするので、実際にそうなのでしょう。やっぱりシン様は物知りです。

ルミが目を細めてミルクたっぷりのコーヒーを飲むのを見ながら、私はアカリさんの分のコーヒーも淹れて持っていきます。

「アカリさんもどうですか？」

「ありがとう。いただきますね」

自分の分のコーヒーも淹れた私は、座っていた席に戻って、昼の眩しい日差しが差し込んでくる窓の外を眺めました。

ゆっくりできる休日というのは、いいものですね。


さて、昼食を朝食と昨晩の残りで軽く済ませたところで、今日の晩ご飯についてアカリさんと相談します。まずは、何を作るかについてです。

ルミも昼食を食べたことで目が覚めたようで、私たちの話に参加していました。どうやら、手伝ってくれるみたいですが……少し心配ですね。

そんな私の心配をよそに、ルミは自信満々な様子で宣言しました。

「料理なら私に任せるニャ！」

「それはダメです」

「ダメですね」

私は即答で拒否し、アカリさんも同じことを思っていたようで、すぐに断っていました。

ルミが悲しそうな表情を浮かべますが、これまで料理をしている姿を見たことが全くない上に、おっちょこちょいな彼女の性格を考えると、ルミに料理を任せたら大惨事になる気がしてならないのです。

少し可哀想ではありますが、私たちが断固拒否しているのを見たルミは、諦めてくれました。

「むむ、仕方ないのニャ……それで、何を作るのかニャ？」

「そうですね……」

何を作るのか、全く考えていませんでした。シン様と暮らすようになってから、シン様不在で私が晩ご飯を作るのは初めてなので、しっかり考える必要があります。

悩む私に、アカリさんが提案をしてくれます。

「エリさん、定番料理を作るのはどうでしょうか？」

「定番料理、ですか？」

「はい。普段の料理は師匠に任せていますが、どれも見たことのない料理ばかり作っています。せっかくですので、私たちが作れる、この世界の庶民(しょみん)の料理を作ってみるのはどうかと思いまして……」

なるほど、つまりこういうことですね。

シン様は異世界からやってきて、この世界の食材や料理に興味を持っています。なのでせっかくのこの機会に、この世界の定番料理を食べてもらうのはどうか、と。

「え〜、そんニャのつまら……」

「いいですね！」

ルミが反対の声をあげかけていたので、被せるようにしてアカリさんの意見に賛成しました。ルミは少しむくれていましたが、多数決ということで納得してくれました。

「それじゃあ、定番料理にしましょうか……といっても、何にしますか？」

「ルミは魚料理がいいニャ」

アカリさんの問いかけに、ルミが真っ先に手をあげて言いました。さっき私に意見をさえぎられたせいか、今回は動きが素早いです。

これは自分の好物である魚が食べたいという意思表示でしょう。さっきのこともあるので、ここはルミの意見を尊重するとしましょう。

「魚料理ですか、何がいいですかね……」

アカリさんはそう言いながら顎に手を当て、数秒考え込んでいたかと思うと、一度頷いて声をあげました。

「よし、あれにしましょう。買うものを書き出しますので、まずは材料を買いに行きましょうか」

サラサラと紙に必要なものを書いたアカリさんは席を立ちました。

どうやら、何を作るか決まったようですね。一体、どんな料理を作るのでしょうか？

買い物に出た私たちはまず、メインとなる魚を買うために魚市に来ました。

アカリさんに今回作る料理を聞いたところ「レイフィッシュのレイモンホイル焼き」という答えが返ってきました。

レイフィッシュは、淡白な味が特徴の白身魚のモンスターです。この街から一番近い漁港で多く獲れ、安価に手に入ることから、このあたりの地域の家庭では、魚料理の定番の材料として扱われています。

「エリ、アカリ、こっちにあった二ャ」

先行していたルミが、どうやらレイフィッシュを見つけたみたいですね。

私たちがそちらに向かうと、ルミのいる店の前に、数十匹のレイフィッシュが並べられていました。

レイフィッシュは、頭に角のような尖った部分があること以外は、普通の魚と変わりはありません。海中では、その尖った部分を利用して攻撃してきます。ただ、釣竿でも簡単に釣れることから、海の最弱魚とも呼ばれているモンスターです。

「どれにしましょうか」

アカリさんは数匹のレイフィッシュを見比べて悩んでいました。できるだけ鮮度の良いものを選びたいところです。

そういえば魚の目利きについて、以前シン様から聞いたことがあります。目の濁りや鱗の艶、身の張り、そしてエラの色や腹の弾力など、様々な要素から判断する必要があるため、とても難しいのだと。シン様にすら難しいというのですから、まるきり素人の私たちがちゃんとした目利きができるはずがありません。

「これにする二ャ」

そうして悩む私たちを後目に、ルミが一匹のレイフィッシュを選びました。

「どうしてそれを？」

「一番美味しそうな匂いがするからニャ」

ルミが笑顔でそう言いきりました。ぱっと見た感じでは、他とあまり変わりませんが、よくよく見てみると、確かに張りがありますし、目も全然濁っていません。

「匂いでわかるんですか？」

「もちろんだニャ。私は猫耳族だニャ。魚に対する嗅覚は、人よりも優れているニャ」

驚いた様子のアカリさんに対して、ルミは鼻をひくつかせながら胸を張りました。

結局、私たちはルミに言われた通りにもう一匹選び、二匹のレイフィッシュを購入しました。

次に野菜を売っている市場へ、レイモンやタマクなど、ホイル焼きに必要な具材を買いに向かいます。

「ここは私に任せてください」

市場についたところで、私はそう言って前に出ました。ここにはシン様と何回も来ているため、どこに何があるのか、おおよそ把握しているのです。

まずはレイモンという、酸味の強い柑橘系の果物を求めて、いつも利用しているお店に向かいます。

「こんにちは」

「あらエリちゃん、こんにちは。今日は旦那様じゃなくて、お友達とお買い物なのね」

店に入ると、いつも店番をしているおばさんが出迎えてくれました。

「はい、お友達であり、店の従業員でもあります」

「初めまして、僕はアカリといいます」

「ルミですニャ」

「あらあら、ご丁寧にどうも。ゆっくり買い物していってね」

挨拶を終えたところで、私たちは店の前に並んでいる野菜を見ていきます。シン様がどうしてここをいつも利用しているかというと、この店の野菜の品質が、他の店に比べて高いからだそうです。

さっそくお目当てのレイモンを見つけたので、籠に必要な分を入れていきます。

さらに他のお店で買う予定だったタマクやキノコ類も、良いものが安くなっていたのでここで買うことにしました。確かシン様は、タマクのことをタマネギと呼んでいましたが、シン様のいた世界にも似たような野菜があるのでしょうか。

「レイモンを使った料理かい？　レイフィッシュも買ってるみたいだし、ホイル焼きあたりかな。うまく作れるといいわね」

「ありがとうございます」

お会計をしている最中、私たちが何を作ろうとしているのか、おばさんは材料を見て当てました。長年店番をしていると、お客さんがどんな料理を作ろうとしているのか、自然とわかるようになってくるそうです。

「それでは失礼します。また、買い物に来ますね」

「はい、いつでも来なさいな。待っているわ」

しっかり挨拶を済ませて、私たちは店から離れました。結局、このお店だけで材料が揃ってしまったので、他のお店には行く必要がありませんね。

「予定より早いですが、帰ることにしましょうか」

私の言葉にルミとアカリさんが頷きます。これでかなり余裕をもって料理に取りかかれるはずですね。


家に帰った私たちは、さっそく厨房に立ちます。

シン様が帰ってくるであろう時間から逆算すると少し早い気もしますが、アカリさんの空間魔法で作りたての状態を維持できるので、早めに作っておいても問題ありません。

「じゃあ、作っていきましょうか。エリさんは野菜の下ごしらえを、ルミさんは盛り付ける皿の準備をお願いします。その間に私はレイフィッシュをさばいていきます」

「わかりました」

「わかったニャ」

アカリさんの指示に従って、私とルミが動き始めます。

私は買ってきたレイモンを籠から取り出してしっかり洗ってから、輪切りにしていきます。切るだけでもとてもすっぱそうな匂いが漂ってきます。

隣では、アカリさんがレイフィッシュを取り出してさばき始めていました。その手に握っているのは、出刃包丁。シン様の教え通り、その場面にあった包丁を使っているようです。

まずはレイフィッシュの頭についている尖った部分を落とします。ついたままにしていると、さばく途中で刺さることもあるため、最初に取るそうです。そしてそのまま、三枚おろしにしていきます。特訓の成果もありスムーズに包丁を動かしています。

私も見ているだけというわけにもいかないので、野菜の下ごしらえを進めます。レイモンを切り終えたら、次はキノコ類です。今回使うキノコは、口当たりの悪い石づきが付いているので、しっかりと切り取っていきます。

最後に、タマクを食べやすい大きさにスライスすれば、野菜の下ごしらえは完了です。

「ルミさん。一匹目の魚が終わったので、身についている小骨を取ってください」

「わかったニャ」

そうしているうちに、アカリさんは一匹目をさばきおえていました。そしてルミが皿の準備を終えたのを見計らって、次の仕事を振っていきます。

こういった指示は、普段はシン様がしているのですが、アカリさんもしっかりと指示を出せていました。シン様の姿を見て学んだということなのでしょう。

「エリさんも、野菜の下ごしらえが終わったらアルミホイルの準備をお願いします。ルミさんが魚の骨を取り終えたら、それに下味をつけてホイルに包んでください」

「わかりました」

自分の作業を進めつつも、私の作業の進み具合をしっかり見ていたようで、次の指示を振ってきました。私は指示の通りに、アルミホイルの準備をします。

「おねがいニャ」

「はい」

小骨が取られた切り身をルミから受け取り、塩・胡椒で味付けしてから、切った野菜類と一緒にホイルで包みます。

私が味付けをしている間、ルミには二匹目のレイフィッシュの切り身が渡されており、丁度私が一匹目の分の切り身を包み終えたタイミングで、小骨取りを終えた切り身をルミから渡されました。

アカリさんはというと、レイフィッシュをさばき終えてすぐにオーブンの準備に取り掛かっていたようです。

私が二匹目の分の切り身をホイルで包み終える頃には、オーブンの予熱が完了しており、後はホイルを入れるだけの状態になっていました。

イメージしていたよりも、はるかにスムーズに作業が進んでいました。アカリさんの的確な指示のおかげですね。

さあ、後は焼き上がりを待つだけです。

「これで一息ですね」

そう言いながら、アカリさんは額(ひたい)の汗(あせ)を拭う。

「疲れたニャ」

「焼き上がるまで、席で待っていましょうか。コーヒーを淹れてきますね」

アカリさんとルミはまっすぐに、私はコーヒーを淹れてから席の方に向かいます。

「お待たせしました。どうぞ」

「ありがとうニャ」

「ありがとうございます」

二人にコーヒーを渡してから私も席につき、一息つきます。

やっぱりコーヒーはいいですね、とても落ち着きます。

――カランッ、カランッ。

「ただいま」

丁度その時、シン様が帰ってきました。

「おかえりなさいませ、シン様」

「おう、ただいま」

私は立ち上がって出入口の前まで行き、シン様を出迎えるようにハグをしました。

「いい匂いがするね」

「はい。今丁度、晩ご飯を作っていたところだったんです。ルミとアカリさんにも手伝ってもらいました」

オーブンで焼ける魚のいい匂いが、ここまで届いてきています。

「とりあえず、席に座ろうか」

「はい」

　私たちは、ルミたちがいる席の方へ向かいました。

「おかえりニャ」

「師匠。おかえりなさいです」

「うん、ただいま」

　シン様がいつもの席に座ったのを確認した私は、厨房で新しいコーヒーを淹れて持っていきます。

「シン様、コーヒーです」

「エリ、ありがとう。いただくよ」

　シン様がコーヒーを一口飲みます。

「うん、美味しい。エリのコーヒーは日に日に美味しくなっていくね」

「ありがとうございます。そう言っていただけると、とても嬉しいです」

　シン様に喜んでもらうため、美味しいコーヒーを淹れられるように、日々いろいろと試行錯誤しているのです。こうしてシン様に褒められると、努力の甲斐があるというものです。

　それからしばらくの間、シン様とお互いに今日の出来事を報告していると――

　チンッ、というオーブンの音が厨房から響いてきました。

「焼き上がったみたいだね」

「はい。取ってきますね」

私とアカリさんが席を立ち、厨房に向かいます。ルミはというと、未だにコーヒーを飲みながらリラックスしていました。

「ルミさん。ルミさんも皿の準備とご飯の準備がありますよ」

「そうだったニャ」

アカリさんの声かけで、慌てて立ち上がったルミ。その一部始終を見ていたシン様はいつも通りの光景に、苦笑を浮かべていました。

厨房に入りオーブンを開けると、これまでもかすかに漏れていた焼き魚の匂いが、一気に厨房内に広がります。思わずお腹が鳴りそうになってしまうほどのいい匂いです。

やけどしないようミトンを着用したアカリさんが、オーブンから出した包みを大皿に載せます。包みは二つあるので、片方はアカリさんが、もう片方は私が席まで運ぶことにしました。

席の方に向かうと、既に食器類の準備が整っており、ルミが座っていました。こういう時はやたらと素早いですね。

「お待たせしました」

そう言いながら、テーブルの中央に、持ってきた料理を置きます。

大皿を見たシン様が、空間魔法で保管していたおかずやご飯を出してくれたので、豪華な食卓になりました。

「さて、今日は何を作ってくれたのかな？」

シン様が食べる前に聞いてきます。

「今日作ったのは、『レイフィッシュのレイモンホイル焼き』です」

私が料理名を言いながらホイルの包みを開くと、中に閉じ込められた匂いが一気に広がりました。レイモンのさわやかな匂いです。

「レイモンはレモンのことで……レイフィッシュは白身魚か。白身魚のレモンホイル焼きみたいな異世界料理ってことかな」

シン様はぶつぶつと呟いた後、食べるのが楽しみだとばかりに微笑を浮かべました。

私たちの、この世界の料理で喜んでもらおうという思惑は、どうやら成功したようです。

「それじゃあ、さっそく食べようか」

皿を四枚取り出して均等に取り分け、全員に配り終えたところで手を合わせます。

「いただきます」

「「いただきます（ニヤ）」」

　さて、自分で食べる前に、まずはシン様の様子を見守ります。シン様はほぐした魚の身を口に入れると……

「うん、美味しいな」

　そう口にしました。

　その言葉を聞いた私たちはホッとして、箸を進めます。これで美味しくないと言われてしまったら、立ち直れないところでした。

　料理の味は、しっかりと締まったレイフィッシュの身そのものは淡白ながらも、一緒に包んで焼いた野菜のうまみが染み込み、かすかに香るレイモンのすっぱさと合わさって、さっぱりとした印象でした。

「油が少なくてカロリーも低そうだから、女性陣には嬉しい食事だね」

　シン様の言葉に、私たちは三人とも頷きました。

　カロリー、それは女の敵です。カロリーなるものを取りすぎると簡単に太ると最近シン様から聞かされた私たちは、カロリーが高いと教えられた油たっぷりの料理は控えるようにしていました。

　特にそのことを考えたメニューではなかったのですが、結果オーライというやつです。

どんどん箸は進み、あっという間に全ての皿が空になりました。皿を片付けるために私が席を立とうとすると、シン様が「ちょっと待って」と制止してきます。

何事かと思っていると、シン様が立ち上がって厨房に入っていきました。かと思うと、すぐに何かを手に持って戻ってきました。

「食後のデザートの、モンスターフルーツを使ったパフェだ。食べてみてくれ」

全員の前に一つずつ置かれます。初めて見るパフェというデザートは、ガラスの器の中で、フルーツやクリームなどがいくつもの層に分れて盛りつけられています。見た目はとても綺麗なのですが、層が多いせいかボリューム感があります。

ただ、とても美味しそうに見えるので、満腹だったはずなのに食べきれそうな気もしました。

「美味しそうニャ」

「これは何を使っているのですか？」

ルミとアカリさんも、それぞれに感想を口にします。

「下の層から説明するとコーンフレーク、チョコムース、モンスターフルーツを刻んだもの、生クリーム、そして一番上には、飾りつけのフルーツだな」

シン様の説明のうち、コーンフレークとチョコムースは初めて聞いた単語でしたが、なぜかゴクリと私の喉が鳴ります。早く食べてみたいです。

「とりあえず食べてみて、感想をくれ」

シン様がそう言ったので、私はさっそくパフェを口にします。

「んん～」

フルーツの甘みと生クリームの甘みが口の中で混ざり合い、至福の時が訪れます。

幸せそうな表情を浮かべるルミの隣では、アカリさんが目を丸くしながら、師匠に質問をしていました。

「師匠、これは生クリームの甘みを抑えているのですか?」

「正解だ。よくわかったな、アカリ。モンスターフルーツの甘みを生かすために、生クリームは甘さ控えめにしたんだよ」

なるほど、モンスターフルーツ自体がかなり甘いので、生クリームと一緒に食べた時に甘くなりすぎないようにしているのですね。

続いては、チョコムースとモンスターフルーツを一緒に口に入れます。

「これは……」

チョコというものは初めて食べたのですが、生クリームやモンスターフルーツとはまた違った種類の甘さがあります。若干の苦みがあるのですが、それによって甘さが引き立っているようにも感じました。

そして最後の層のコーンフレーク。パリパリの食感も楽しいのですが、クリームやチョコムースと一緒に食べることで、また違った食感になるのが不思議でした。

「ふぅ～」

気がついた時には、私の前のパフェの器は空になっていました。

ルミとアカリさんの器も、私同様、既に空になっています。

その様子を見たシン様は、嬉しそうな表情を浮かべていました。

「気に入ってもらえたかな？」

「はい、とても美味しかったです」

デザートはやっぱりいいですね。モンスターフルーツはこの世界の食べ物ですが、シン様の手によって、いつもと全く違う楽しみ方ができました。

ぜひまた食べたい一品です。

「それと……今更なんだけど……」

私たちがパフェの余韻に浸っていると、シン様が少し言いにくそうに口を開きました。

「レイフィッシュのレイモンホイル焼きは、低カロリーだったと思うけど……このモンスターフルーツパフェは、クリームもチョコも超の付くほど高カロリーだから、少しカロリーを取りすぎちゃってるかもね」

考えもしなかったシン様の言葉に、私達の動きが止まります。

思わず、目の前にある空(から)の器と、シン様の顔を見比べてしまいました。

「……シン様、それを先に言ってくださいよ!!」

私はついつい、そう叫んでしまったのでした。

あとがき

この度は、文庫版『異世界で創造の料理人してます2』をお手に取っていただき、誠にありがとうございます。作者の舞風慎です。

まず最初に、二巻の大まかな内容をご説明しますと、前半は料理の基礎に焦点を据え、後半は物語の展開を中心に書かせていただきました。料理に馴染みのない方にも、なるべく分かりやすい描写を心掛けたつもりです。

例えば、一般的な家庭料理では使用されない包丁の持ち方をはじめ、和・洋・中の入門料理などは、私が実際に調理師学校へ通っていた時に修得した知識を元にしています。オムレツや魚の三枚おろしは、放課後に居残りをして何度も練習したものです。

「できるまでやる」

これが私の調理師学校のモットーでして、振り返ると自分のスキルを磨くのは苦労しましたが、特に嫌々という感じではありませんでした。調理の基礎を繰り返し学ぶことで、確かな料理の技術を身につけられたのだと考えております。

　さて、少々、話題が本作から私事の体験談に逸れましたが話を戻しますと、一巻のあとがきでも触れたメインヒロインのエリについて、今回も語りたいと思います（我ながら、どれだけこのキャラを気に入っているのだろう……苦笑）。

　すでに本編をお読みいただいた方ならご存知でしょうが、二巻では主人公シンの妻になったこともあり、前巻のちょっともどかしい甘々なイメージと異なって、少し怖めな女房キャラへと成長を遂げて（？）います。イメージがガラリと変わって、読者の中には、やや戸惑いを覚えた方もいらっしゃるかもしれません。けれども、根本的にはシンのことが大好きだからこそ、ああいった強気で大胆な行動へ彼女を駆り立てるのでしょう。夫であるシンに自分をもっと見てもらいたい、シンのために何かをしてあげたい。そんな一途を突き詰めた女性像のイメージが、エリには凝縮されております。

　その愛は、少し重ためではありますが、案外、結婚後にキャラ変する女性って、世の中的にも多いような気がするのですが、これは錯覚でしょうか？

　そんなこんなで、本書を通して料理に親しみを覚えていただきつつ、シンやエリ達の物語を楽しんでもらえたら嬉しいです。それでは皆様、次巻でもまたお会いしましょう。

二〇二〇年一月　舞風慎

アルファライト文庫

この作品に対する皆様のご意見・ご感想をお待ちしております。

おハガキ・お手紙は以下の宛先にお送りください。

【宛先】

〒150-6008 東京都渋谷区恵比寿 4-20-3 恵比寿ｶﾞｰﾃﾞﾝﾌﾟﾚｲｽﾀﾜｰ 8F
（株）アルファポリス　書籍感想係

メールフォームでのご意見・ご感想は右のＱＲコードから、
あるいは以下のワードで検索をかけてください。

ご感想はこちらから

アルファポリス　書籍の感想

本書は、2017 年 10 月当社より単行本として
刊行されたものを文庫化したものです。

異世界(いせかい)で創造(そうぞう)の料理人(りょうりにん)してます 2

舞風慎（まいかぜしん）

2020年 3月 27日初版発行

文庫編集－中野大樹／篠木歩
編集長－太田鉄平
発行者－梶本雄介
発行所－株式会社アルファポリス
〒150-6008東京都渋谷区恵比寿4-20-3恵比寿ガーデンプレイスタワー8F
TEL 03-6277-1601（営業） 03-6277-1602（編集）
URL https://www.alphapolis.co.jp/
発売元－株式会社星雲社（共同出版社・流通責任出版社）
〒112-0005東京都文京区水道1-3-30
TEL 03-3868-3275
装丁・本文イラスト－人米
文庫デザイン―AFTERGLOW
（レーベルフォーマットデザイン－ansyyqdesign）
印刷－株式会社暁印刷

価格はカバーに表示されてあります。

落丁乱丁の場合はアルファポリスまでご連絡ください。

送料は小社負担でお取り替えします。


ISBN978-4-434-27064-2 C0193

本書は、2017年10月当社より単行本として刊行されたものに、書き下ろしを加えて文庫化したものです。


この作品に対する皆様のご意見・ご感想をお待ちしております。

おハガキ・お手紙は以下の宛先にお送りください。

【宛先】

〒150-6008 東京都渋谷区恵比寿4-20-3 恵比寿ｶﾞｰﾃﾞﾝﾌﾟﾚｲｽﾀﾜｰ 8F
（株）アルファポリス　書籍感想係

メールフォームでのご意見・ご感想は右のＱＲコードから、
あるいは以下のワードで検索をかけてください。

ご感想はこちらから

エタニティ文庫

はにとらマリッジ

桔梗 楓（ききょう かえで）

2020年8月15日初版発行

文庫編集－熊澤菜々子・塙綾子
発行者－梶本雄介
発行所－株式会社アルファポリス
〒150-6008 東京都渋谷区恵比寿4-20-3 恵比寿ｶﾞｰﾃﾞﾝﾌﾟﾚｲｽﾀﾜｰ8F
TEL 03-6277-1601（営業） 03-6277-1602（編集）
URL https://www.alphapolis.co.jp/
発売元－株式会社星雲社（共同出版社・流通責任出版社）
〒112-0005 東京都文京区水道1-3-30
TEL 03-3868-3275
装丁イラスト－虎井シグマ
装丁デザイン－ansyyqdesign
印刷－中央精版印刷株式会社

価格はカバーに表示されてあります。

落丁乱丁の場合はアルファポリスまでご連絡ください。

送料は小社負担でお取り替えします。


ISBN978-4-434-27756-6 C0193

アルファポリス
エタニティ人気の12作品
アニメ化決定!!
Eternity
エタニティ
深夜の濡恋ちゃんねる
Sweet Love Story
NUREKOI
2020年
秋頃
放送開始
予定
TOKYO MXにて
通常版 TV放送
&
エタニティ公式サイトにて
デラックス♥版 WEB配信
詳しくはエタニティ公式サイトをご覧ください。
エタニティブックス
検索
https://eternity.alphapolis.co.jp/